Dagmar Chidolue

Ponzl guckt schon wieder

Dagmar Chidolue

Ponzl guckt schon wieder

Bilder von Peter Knorr

BELTZ
& Gelberg

Dagmar Chidolue, geboren 1944 in Ostpreußen, ist im westfälischen Gütersloh aufgewachsen. Nach einer Ausbildung im wirtschafts- und steuerberatenden Beruf machte sie Abitur und studierte Jura und Politische Wissenschaften. Heute lebt sie mit ihrem Mann und ihren zwei Töchtern in Neu-Anspach. Ihre Bücher erschienen von Anfang an (seit 1976) im Programm Beltz & Gelberg, u. a. die Kinderbücher *Lieber, lieber Toni, So ist das nämlich mit Vicky* und *Mach auf, es hat geklingelt.* Ihr Jugendbuch *Lady Punk* wurde 1986 mit dem Deutschen Jugendliteraturpreis ausgezeichnet.

Peter Knorr, geboren 1956 in München, studierte Kunsterziehung in Mainz und schloß Anfang 1986 seine Ausbildung ab. Seither lebt er als freischaffender Zeichner und Illustrator in Bischofsheim bei Mainz.

Lektorat Ruth Klingemann

Programm Beltz & Gelberg, Weinheim

Einband von Peter Knorr
Konzeption der Einbandschrift Wolfgang Rudelius
Gesamtherstellung Druckhaus Beltz, 6944 Hemsbach
Printed in Germany
ISBN 3 407 80022 3

O diese verdammt große Stadt

Laura kann es sich leisten, mittags auf dem Weg von der Schule nach Hause zu bummeln. Niemand wartet auf sie. Erst abends ist die Mutter wieder da.
Laura geht durch die Fußgängerzone. Sie sieht in die Schaufenster der Geschäfte. Vieles ist da ausgestellt, was sie gern haben würde. Laura hat kein Geld, um sich von all den schönen Dingen etwas kaufen zu können. Ihr Kopf aber ist voll von Wünschen.
Vor dem Brunnen am Marktplatz steht ein Mann, der sich und die Tauben mit Streuselkuchen füttert. Die Tauben flattern wie verrückt. Sie mögen Streuselkuchenstreusel sehr gern.
Laura bleibt stehen und sieht zu, wie der Mann Krümel von dem Kuchenstück abbricht und in die Luft wirft. Ab und zu steckt er sich eine Handvoll Streusel in den Mund und kaut langsam und mit geschlossenen Lippen.
Laura mag den Mann nicht. Er sieht aus, als ob er giftige Augen hätte. Sie möchte nicht, daß er sie ansieht, und so läuft sie schließlich weiter. Sie vergißt den Mann schnell, obwohl das mit dem Mann und den Tauben das einzig Besondere an diesem Tag ist. Sonst und alle Tage passiert eben nicht viel.
Laura läuft um die Ecke. Sie hat die Hand an eine Schaufensterscheibe gedrückt und zeichnet damit Spuren. Es quietscht leise.
Eine Verkäuferin sieht durch die Scheibe auf Laura herab. Laura möchte ihr die Zunge rausstrecken, obwohl die Ver-

käuferin nichts anderes tut, als ihr zuzusehen. In Gedanken fragt Laura die Mutter: »Was würdest du sagen, wenn ich der Frau die Zunge rausstrecke?«
»Laß das«, würde die Mutter sagen.
»Warum?« fragt Laura.
»Weil man das nicht tut«, sagt die Mutter.
»Warum nicht?«
»Du möchtest auch nicht, daß man dir die Zunge rausstreckt.«
»Wenn sie mir die Zunge rausstreckte, würde ich lachen«, sagt Laura.
»Laß es«, sagt die Mutter.
»Ich könnte es probieren«, sagt Laura. »Nur einmal. Um zu sehen, was passiert.«
»Laß es«, würde die Mutter sagen.
Laura läßt es. Nicht gern, aber sie will die Mutter nicht verärgern.
Nach der Schaufensterscheibe zieht Laura ihre Hand noch über eine rauhe Hauswand, eine Eingangstür und eine glatte Hauswand. Danach besieht sich Laura ihre Hand. Sie ist sehr schmutzig.
Jetzt gibt es nur noch Wohnhäuser und keine Läden mehr. Da kann Laura schneller gehen. Bis zu dem großen Haus am Ortsrand muß sie laufen. Es überragt alle anderen Gebäude. Bestimmt wohnt die Hälfte aller Leute der Stadt in Lauras Haus. Genau weiß Laura das nicht.
Lauras Mutter sagt, die Stadt sei sehr klein. »O diese verdammt kleine Stadt«, sagt sie immer.
Laura findet die Stadt sehr groß. O diese verdammt große Stadt, denkt sie immer.

Im Haus fährt Laura mit dem Fahrstuhl nach oben. Sie schließt die Wohnungstür auf. Niemand ist zu Hause, na klar.
Laura ißt einen Apfel, dann einen Riegel Schokolade und einen Erdbeerquark. Sie trinkt zwei Glas Wasser aus der Leitung. Erst dann wäscht sie sich die Hände.
Jetzt hat Laura Bauchschmerzen. Sie setzt sich auf die

Couch und wartet. Sie weiß nicht, auf was. Vielleicht, daß die Bauchschmerzen aufhören.
Schließlich macht sie doch Schularbeiten. Und hört dabei Werbefunk aus dem Radio. Manchmal hält Laura es nicht aus, wenn es so still in der Wohnung ist. Radiohören ist eine ganz gute Sache.
Als es an der Tür klingelt, macht Laura nicht auf. Erst später schleicht sie sich an die Wohnungstür und sieht vorsichtig durch das Guckloch ins Treppenhaus. Dort ist kein Mensch zu sehen.
Laura kennt niemanden so richtig aus dem ganzen Haus. Mit Ausnahme von Herrn Ponzl vielleicht. Aber den kennt sie auch nicht so richtig.
In der ganzen Stadt kennt Laura niemanden so richtig. Außer ihre Klassenkameradinnen vielleicht. Aber auch die kennt sie nicht so richtig. Weil sie nicht so einfach zu ihnen hingehen und fragen kann, ob sie mit ihr spielen. Die würden vielleicht blöd gucken. Laura hat so was noch nie gemacht.
Es ist auch noch keiner zu Laura gekommen und hat gefragt, ob sie mitspielt. Wahrscheinlich würde Laura dann auch blöd gucken.
O diese verdammt große Stadt, denkt Laura jetzt.
Sie würde gern auf einem Bauernhof leben. Mit Pferden. Sie würde den ganzen Tag lang Pferde anfassen. Und in den Wald gehen. Und Füchse anfassen. Schöne, rote, weichfellige Füchse.
So was denkt sich Laura manchmal aus.
So was denkt sich Laura auch manchmal in der Schule aus. Wenn die Lehrerin vorne steht und redet und redet. Dann sieht Laura aus dem Fenster, irgendwohin, auf einen Bauern-

hof vielleicht oder auf eine Wiese, und dann ist es so, als ob sie da wirklich wäre, auf dem Bauernhof oder auf der Wiese. Und dann weckt die Lehrerin sie auf. »Laura«, sagt sie vorwurfsvoll. »Laura!« Und Laura weiß gar nicht, worum es geht.

Die Lehrerin schüttelt oft den Kopf, ein wenig traurig, und Laura schämt sich, weil sie sich vorstellt, daß die Mutter jetzt auch traurig den Kopf schütteln würde. Aber Laura kann nichts dafür, daß ihr die Gedanken oft aus dem Kopf ziehen. Für so was kann man eben nichts. Das geht wie von selbst.

Die Zeit schleicht und schleicht. Der Nachmittag will nicht vergehen.
Laura steht im Korridor und sieht in den Spiegel. Sie mag ihr Gesicht nicht. Es sieht aus, als ob es immer weinen wollte. Und Laura sieht sich an und muß plötzlich wirklich ein bißchen weinen.
O diese verdammt große Stadt.

Laura findet Herrn Ponzl widerlich

Und plötzlich ist es ganz schnell Abend, und Laura muß sich beeilen.
Sie flitzt durch die Wohnung. Holt Brot heraus und Margarine und Schmierkäse. Sehr ernsthaft und auch mit ein bißchen Lust streicht sie die Brotscheiben und legt sie auf einen Holzteller.
Es ist immer noch Zeit. Laura überlegt. Heute war nichts Besonderes los. Oder doch? Oder nein. Laura hat den Tag schon vergessen.
Sie geht zum Telefon. Die Nummer weiß sie auswendig.
»Hier ist das Kochstudio«, sagt die nette Dame am Telefon. »Heute wollen wir ein kleines Essen zaubern. Wenn überraschend Besuch kommt. Französische Kräutersuppe mit überbackenem Käse und frischem Schnittlauch.«
Laura hat keinen Schnittlauch, und der Käse ist auf das Brot geschmiert. Trotzdem hört sie aufmerksam zu. Und dann kocht sie doch die vorgeschlagene Suppe. Nur ohne Kräuter und ohne Käse und ohne Schnittlauch. Sie nimmt einfach so ein Nudelsuppenpäckchen und schüttet den Inhalt ins Wasser. Als es aufgekocht ist, dauert es nur noch fünf Minuten. Laura schneidet die Käsebrote in kleine Häppchen. Die Suppe riecht gut. Laura hat schon einen mächtigen Hunger.
Wenn sie den Mülleimer jetzt rausbringt, dann trifft sie unten vielleicht schon die Mutter. Dann hat sie sie ein paar Minuten eher und ein paar Minuten länger.
Laura greift nach dem Abfallbehälter.
Hoffentlich begegnet sie im Treppenhaus nicht Herrn Ponzl.

Guten Tag, kleine Dame. Wie geht's heute, mein Mädchen. Haben wir schon die Schularbeiten gemacht?
Es ist nicht nur das. Es ist viel mehr.
Herr Ponzl macht der Mutter schöne Augen. Laura drückt es so aus: *schöne Augen machen.*
Laura findet Herrn Ponzl widerlich. Sie weiß nicht, ob die Mutter Herrn Ponzl auch so widerlich findet. Eigentlich weiß sie es doch. Die Mutter findet Herrn Ponzl nicht so widerlich.
Draußen stopft Laura den Müllbeutel in einen der großen Abfallbehälter. Es knallt sehr, als der Deckel zufällt. Dann geht sie bis auf den Bürgersteig und sieht in die Richtung, aus der die Mutter kommen müßte.
Die Mutter arbeitet in der Stadt in einem Büro. Sie tippt den ganzen Tag auf einer Schreibmaschine.
Laura stellt sich vor, daß Schreibmaschinentippen eine schöne Sache ist. Aber wenn sie das sagt, dann winkt die Mutter ab. »Das denkst du«, sagt sie.
Ja, das denkt Laura.
Heute ist die Mutter pünktlich. Laura sieht sie schon von weitem und läuft ihr entgegen. Die Mutter lacht. Wenn die Mutter lacht, sieht sie sehr schön aus. Wenn sie nicht lacht, sieht sie aus wie Laura.
»Na, mein Schatz«, sagt die Mutter. »Was hast du so gemacht?«
»Ach«, sagt Laura. Sie hat längst vergessen, was sie heute gemacht hat. Wenn sie überhaupt was gemacht hat. »Komm«, sagt sie. »Das Essen ist fertig.«
»Was gibt es?« fragt die Mutter. Sie lacht nicht mehr. Sie sieht so aus, als ob ihr alles egal wäre.

»Französische Kräutersuppe mit überbackenem Käse und Schnittlauch«, sagt Laura. »Oder so was Ähnliches.«
»Soso«, sagt die Mutter.
»Na ja«, sagt Laura. Eigentlich mag sie Schnittlauch nicht.
»Nudelsuppe und Käsebrote«, sagt sie.
»Soso«, sagt die Mutter.
Schade, daß die Mutter nicht mitmacht.
Laura geht die Treppe voran, um die Haustür aufzuschlie-

ßen. Sie dreht sich um. Die Mutter steht ein paar Stufen tiefer und ist kleiner als Laura. Laura fährt der Mutter mit beiden Händen und gespreizten Fingern durchs Haar. Sie macht der Mutter eine fürstliche Löwenfrisur. Wunderbar. Laura lacht.

Die Mutter schüttelt sich. »Ach, laß doch«, sagt sie und sieht sich um, ob die Leute sie sehen. Dabei kennt doch auch sie niemanden aus dem Haus so richtig. »Ach, laß doch«, sagt sie noch einmal.

Sie nimmt aber Laura an die Hand und geht mit ihr ins Haus. Laura liebt die Hand der Mutter. Sie liebt auch das Geräusch, das die Mutter beim Gehen mit den Absätzen macht. Sie würde die Schritte der Mutter unter Hunderten herauskennen. Ach was. Unter Tausenden.

Laura liebt alles, was mit der Mutter zu tun hat. Bis auf Herrn Ponzl. Aber der hat ja nun nichts mit der Mutter zu tun. Nicht so richtig.

Im Treppenhaus müssen Laura und ihre Mutter ausgerechnet Herrn Ponzl begegnen.
»Ach, meine Damen«, sagt Herr Ponzl. »Wie geht's? Wie steht's? Hat das Fräulein Tochter schon die Hausaufgaben gemacht?«
Wie kann man so ein Gerede aushalten.
Aber es ist nicht nur das. Es ist viel mehr.
Die Mutter bleibt stehen. Herr Ponzl sieht sie an. »Und?« fragt er. »Paßt es heute abend?«
»Ich wollt sowieso...«, sagt die Mutter. »Ich wollt sowieso... kommen... reden.«
»Na gut«, sagt Herr Ponzl. »Neun Uhr?«
»Ach... eher...«, sagt die Mutter, »eher später.«
Laura merkt, daß die Mutter sie ansieht. Sie spürt ihren Blick. Und deshalb, weil die Mutter sie so ansieht, so heimlich, so hintenrum, deshalb findet Laura Herrn Ponzl auch so widerlich.
Herr Ponzl sieht ein bißchen aus wie der Mann auf dem Marktplatz heute mittag. Giftige Augen. Augen, die sehr böse sein könnten. Das weiß Laura. Sie würde sich mit so einem nie abgeben.
Wenn Herr Ponzl den Mund öffnet, dann sieht man seine kleinen, weit auseinander stehenden Zähne. Es sieht so aus, als ob jeder zweite Zahn fehlte.
Wenn Herr Ponzl grinst, sieht man seine Zähne. Wenn Herr Ponzl die Mutter ansieht, grinst er. Dann sieht man seine Zähne.

»Ja gut«, sagt Herr Ponzl. »Alles klar, die Damen. Schönen Abend noch.«
Manchmal passen Herr Ponzl und die Mutter nicht so auf wie heute. Manchmal sagen Herr Ponzl und die Mutter »du« zueinander. Laura weiß das. Es kann sie fuchsteufelswild machen.
Sie nimmt die Hand der Mutter. »Komm«, sagt sie und zieht und zieht, daß die Mutter einen kleinen Hüpfer machen muß, um nicht umzufallen. »Komm«, sagt Laura.
»Du bist doch wirklich da?« fragt die Mutter noch schnell. Hups, da ist es herausgeschlüpft. Das Wort, das Laura nicht ausstehen kann. *Du.*
Es wurmt Laura sehr. Zur ganzen Welt könnte die Mutter »du« sagen, nur nicht zu Herrn Ponzl. Aber die Mutter macht das umgekehrt. Die Mutter macht das falsch.

»Komm«, sagt Laura. Sie reißt der Mutter fast den Arm aus. »Nun komm schon.«
Sie möchte die Mutter nehmen, sich auf ihren Schoß setzen und ihr wieder eine fürstliche Löwenfrisur verpassen. Denn die Mutter gehört ihr, und sie gehört der Mutter. Das ist eigentlich eine ganz einfache Geschichte.

Die Suppe auf dem Herd ist etwas eingedickt, und das Brot ist an den Rändern hart geworden. Es schmeckt nicht so gut, wie Laura es sich gedacht hatte. *Französische Kräutersuppe mit überbackenem Käse und Schnittlauch.* Es schmeckt wie eingedickte Nudelsuppe und altes Brot.

Die Mutter bemüht sich jetzt, Laura aufzuheitern. Aber eigentlich will sie sie nur ablenken.

»Was hast du so gemacht?« fragt sie noch mal.

»Nichts«, sagt Laura. Sie meint, Herr Ponzl guckt der Mutter noch aus den Augen.

Die Mutter sieht traurig aus. Die Mutter sieht so aus wie Laura.

Laura bemüht sich auch. »Und was hast du so gemacht?« fragt sie.

»Nichts«, sagt die Mutter. »Doch, ja. Das Übliche.«

»Tipp, tipp, hurra?« fragt Laura.

Da lacht die Mutter. »Tipp, tipp, hurra«, sagt sie.

Jetzt ist alles wieder gut. Beide essen mit einigem Appetit. Jedenfalls essen sie alles auf, die französische Kräutersuppe mit überbackenem Käse und Schnittlauch. Und auch die Brote.

Danach sieht die Mutter die Post durch. Telefonrechnung und Radiogebühren. Sie stöhnt. Immer stöhnt die Mutter, wenn sie Rechnungen bekommt.

»Liebe Zeit«, sagt sie auch heute. »Es wird aber auch alles teurer. Ich weiß nicht, wo das mal enden wird mit diesem Geld.«

Laura sieht, daß die Mutter sich Sorgen macht. Sie geht zu ihr und legt ihr den Arm um den Hals. Dann setzt sie sich auf den Schoß der Mutter. »Immer das Geld«, sagt sie.
»Immer das Geld«, sagt die Mutter. »Ich weiß nicht, wie andere Leute das machen. Wie die sich das alles kaufen können. Diese schönen Sachen. Diese schönen Häuser. Die Autos. Und ich arbeite den ganzen Tag. Und dann noch die Wohnung hier. Der Haushalt. Die Wäsche. Der Tag hat vierundzwanzig Stunden. Für die anderen doch auch! Manchmal meine ich, daß andere das Glück gepachtet haben.«
»Ich hab dich so lieb«, sagt Laura und denkt, daß das die Mutter glücklich machen müßte.
Die Mutter und Laura wiegen sich auf dem Stuhl ein wenig hin und her.
»Wenn ich groß bin«, sagt Laura, »wenn ich groß bin, kaufe ich dir das alles. Alles, was du willst.«
»Wenn du groß bist«, sagt die Mutter, »wirst du verheiratet sein. Vielleicht. Und du wirst dann an deine Familie denken und nicht so sehr an mich.«
»Ach nein«, sagt Laura. Sie kann sich nicht vorstellen, verheiratet zu sein. Die Mutter ist es ja auch nicht.

Einen ins Bett schicken hat nichts mit Liebe zu tun

Um halb neun schaut die Mutter auf die Uhr und dann wieder um Viertel vor neun. Laura weiß, was das heißt. Nicht nur, daß sie zu Bett gehen muß. Es hat was mit dem Blick zu tun, den die Mutter vorhin im Treppenhaus gehabt hat.
Laura packt die Schulsachen für morgen zusammen. Sie macht extra langsam.
Die Mutter ist nervös. Sie sieht dauernd auf die Uhr. »Nun mach schon«, sagt sie. »Es ist spät. Du mußt früher ins Bett gehen. Du schläfst nicht genug.«
Laura wird noch langsamer. Sie putzt sich gründlich die Zähne.
Es wird halb zehn. Und Laura wäscht sich. Linke Hand und rechte Hand. Den Arm bis zum Ellenbogen. Die Seife schäumt dick und weiß.
Die Mutter steht im Türrahmen und drängelt.
Zehn Uhr. Laura will nicht, daß die Mutter zu Herrn Ponzl geht. Sie will nicht, daß die Mutter überhaupt fortgeht.
»Herr des Himmels«, sagt die Mutter.
»Ich mag nicht ins Bett«, sagt Laura.
»Du mußt aber schlafen«, sagt die Mutter.
»Du liebst mich nicht«, sagt Laura.
»Was hat das mit Liebe zu tun?« fragt die Mutter.
»Einen ins Bett schicken hat nichts mit Liebe zu tun«, brüllt Laura. »Es hat was mit Haß zu tun.«
»Was redest du da«, sagt die Mutter.
Laura läuft weinend zu ihrem Bett. Sie brüllt und schreit und kneift die Augen zusammen, damit sie nichts mehr sieht.

Die Mutter kommt und setzt sich auf Lauras Bett. Sie streicht Laura über den Kopf.
Laura schiebt die Hand der Mutter fort. »Hau ab!« schreit sie. »Nun geh doch schon!«
Die Mutter nimmt Laura in die Arme. Laura umklammert den Hals der Mutter mit beiden Händen. »Bleib doch bei mir«, schluchzt sie.
»Aber Schätzchen«, sagt die Mutter. »Ich bleibe doch nicht lange. Ich bin bald wieder da. Ich muß nur mal mit jemandem reden.«
»Du hast doch mich«, jammert Laura.
»Ich mein...«, sagt die Mutter, »mal richtig reden. Ich mein, mit einem Erwachsenen..., ich mein, mit einem Mann.«
»Du hast doch mich«, sagt Laura.
»Das ist nicht dasselbe«, sagt die Mutter. Sie löst sich von Laura. »Ich bin doch bald wieder da.«
Laura hat keine Kraft mehr, gegen die Mutter zu kämpfen. Um die Mutter.

»Laß die Tür aber auf«, sagt sie.
Die Mutter küßt Laura. »Aber ja doch«, sagt sie und läßt die Tür einen Spaltbreit auf.
Vom Korridor dringt Licht ins Zimmer. Laura sieht in den Lichtstrahl und durch den Türspalt. Sie kann die Mutter im Badezimmer sehen, wie sie da steht und sich kämmt und ihre Haare zu einer fürstlichen Löwenfrisur formt.
Wunderbar.

Das fünfte Fünftel ist das Schlimmste auf der Welt

Am liebsten auf der Welt trinkt Laura kalte Cola. Die Mutter ist nicht für kalte Cola, eher für warmen Malventee. Aber ab und zu kauft sie eine große Flasche Cola. Die muß für fünf Tage reichen.

Es gibt nichts Schlimmeres auf der Welt als abgestandene Cola. Fünf Tage alte Cola ist abgestanden und schmeckt fürchterlich.

Laura hat versucht, die Mutter davon zu überzeugen, daß ab und zu eine große Flasche, die man dafür auf einmal austrinken kann, besser wäre. Aber die Mutter hat sich nicht überzeugen lassen. So macht Laura auf der Cola-Flasche vier Striche und teilt den Inhalt in Fünftel ein. Mit einem großen Fünftel am Anfang und einem kleinen Fünftel am Boden der Flasche.

Heute ist ein Tag, an dem Laura das fünfte Fünftel trinken darf. Das fünfte Fünftel trinkt sie direkt aus der Flasche. Sie versucht, lange etwas davon zu haben. Wer weiß, wann die Mutter sich wieder breitschlagen läßt, eine neue Flasche zu kaufen.

Die Cola ist sehr süß und sehr klebrig und macht immer mehr Durst. Wirklich, das fünfte Fünftel ist das Schlimmste auf der Welt.

Laura schüttelt sich, und im gleichen Moment fällt ihr ein, daß es noch was Schlimmeres gibt. Herrn Ponzl.

Vielleicht hat die Mutter das inzwischen auch gemerkt. Sie geht nicht mehr oft zu Herrn Ponzl, und wenn, dann ist sie am nächsten Tag richtig verdreht. Manchmal benimmt sich

die Mutter so, als ob sie sich mit Herrn Ponzl verkracht hätte. Aber anzufangen ist mit ihr trotzdem nichts. Sie starrt vor sich hin und sieht aus, als ob sie sich nicht gern mit Herrn Ponzl verkrachte.

Laura versucht ihr Bestes, die Mutter abzulenken. Viel Erfolg hat sie bisher nicht gehabt. Aber aufgeben will sie nicht.

Laura schlürft den Rest aus der Cola-Flasche. Sie versucht, so viel Luft aus der Flasche zu saugen, daß sie am Mund klebenbleibt. Das ist so anstrengend, daß Laura fast schwindelig wird. Dann setzt sie die Flasche ab und holt sich eine Idee vom Telefon.

Das Beste von den Telefonansagen ist das Kinoprogramm. Da kann Laura stundenlang zuhören. Sie stellt sich vor, daß sie im Kino sitzt und einen der angekündigten Filme sieht. Manchmal ist das Programm so toll, daß sie nicht weiß, in welchen Film sie gehen soll.

Letzte Woche hat Laura den *Weißen Hai* gesehen. Das war eine Wiederholung. Aber der Film war vor vier Monaten schon so gut gewesen, daß sie entschied, sich ihn noch einmal

anzusehen. Aber bei Wiederholungen wird der Film meistens anders als beim erstenmal.
Unter manchen Filmtiteln kann sich Laura eigentlich nichts vorstellen. *Labuhm,* das sagt ihr nichts. Und auch *Männer* hat keine Bedeutung für sie. Sie muß dann an Herrn Ponzl denken, aber in den Film will sie nicht rein.
Da die Mutter gleich kommt, will Laura das Essen vorbereiten. Die nette Dame vom Kochstudio empfiehlt *Hausgemachte Pizza Vierjahreszeiten.*
Laura schneidet das Brot um die Salamischeiben herum kreisrund. Wenn man kreisrunde Salamibrotscheiben auf ein Holzbrett legt, gibt das eine gute Pizza ab. Und frischer Malventee sieht fast genauso gut aus wie roter Landwein aus Italien.

Laura stemmt die Arme in die Hüften und betrachtet ihr Werk. Sie kocht gern für die Mutter. Besonders gern *Hausgemachte Pizza Vierjahreszeiten*.
Es könnte so ein schöner Abend werden. Laura freut sich. »Brutscho«, sagt sie laut, und das kann alles heißen.

Irgendwie hat Laura alles geahnt.
Als die Mutter zu Hause ist, spürt Laura, daß heute ein besonderer Tag ist. Das liegt nicht an der Salamipizza. Es liegt an allem. Es liegt in der Luft.
Die Mutter mag nicht essen. Dabei sieht sie Laura mit hungrigen Augen an. Mit ganz seltsamen Augen.
Herr Ponzl schaut der Mutter nicht mehr aus den Augen. Was ganz anderes eben, so daß Laura dieses Gefühl bekommt, diese Ahnungen. Sie denkt, gleich muß ein Gong ertönen. Boing.
Aber es passiert nichts, und Laura spielt mit der Mutter das abendliche Frage-und-Antwort-Spiel.
»Was hast du heute gemacht?«
»Nichts Besonderes. Und was hast du gemacht?«
»Das Übliche.«
»Tipp, tipp, hurra?«
»Hmhm.«
Selbst jetzt muß die Mutter nicht lachen.
Und dann der Gongschlag.
»Laura«, sagt die Mutter.
Hört sich an wie *boing*. Weil sie sonst immer »Schätzchen« sagt.
»Laura.«
Laura sieht der Mutter in diese seltsamen Augen.
»Komm mal her zu mir, Laura.«
Laura setzt sich neben die Mutter auf die Couch. Gleich wird was Schlimmes kommen.

Laura stellt sich das vor. Die Mutter kann keine Cola mehr kaufen. Die Mutter meldet das Telefon ab. Die Mutter kann keine Radiogebühren mehr bezahlen.
Laura überlegt, ob sie damit fertig werden kann. Keine Cola, keine Rezepte, kein Kino mehr. Kein Werbefunk.
Sie kann damit fertig werden.
Laura stellt sich Schlimmeres vor. Die Mutter will Herrn Ponzl heiraten.
Laura überlegt, ob sie damit fertig werden kann.
Herr Ponzl.
Sie kann damit nicht fertig werden.
»Ich bekomme ein Baby«, sagt Lauras Mutter. Und Laura sagt: »Ach so.« Sie kann sich das nicht vorstellen.
»Laura«, sagt die Mutter noch einmal. »Ich bekomme ein Baby.«
Laura nickt. »Jaja«, sagt sie. Dann sieht sie zur Mutter hoch. Die weint ein bißchen. So lautlos. Ein paar Tränen rollen ihr einfach aus den Augen. Die Mutter muß sich gar nicht anstrengen.
Laura faßt die Mutter am Arm. Die Mutter sieht aus wie ein kleines Kind. Sie benimmt sich auch wie ein kleines Kind.
»Und ich weiß nicht, was ich machen soll«, sagt die Mutter.
Laura denkt, was soll man da noch machen.
Und dann redet die Mutter eine Menge Zeug, und vieles versteht Laura nicht. Aber sie ist irgendwie stolz, daß die Mutter zu ihr redet. Als ob sie endlich kapiert hätte, was Laura meint, wenn sie sagt: *Du hast doch mich.*
Die Mutter redet also eine Zeitlang über das Baby. »Ich hab das nicht so gewollt«, sagt sie und »Ich konnte das doch nicht ahnen« und »Warum das immer so schlimm kommen muß«.

Laura fragt sich, ob die Mutter auch so geredet hat, als sie, Laura, auf die Welt kommen sollte.
»War das auch so schlimm, als ich ein Baby war?« fragt sie.
»Es war auch ganz schön schlimm«, sagt die Mutter. Zum Glück hat sie aufgehört zu weinen.
Laura kennt ja die Geschichte, wie sie auf die Welt gekommen ist. Es ist eine schöne Geschichte, und sie hat sie nie genug hören können. Es ist auf keinen Fall eine schlimme Geschichte.
Die Mutter hatte einen Freund, weil man zum Reden einen Freund braucht. Und sie redeten und redeten und redeten und redeten. Aber der Freund hatte einen Unfall. Und Laura war dann schon im Bauch der Mutter. Weil sich die Mutter und der Freund sehr liebgehabt hatten. Der Freund war dann gestorben, und die Mutter hatte lange geweint und geweint. Aber dann hatte sie Laura bekommen und mußte mit dem Weinen aufhören.
»Es war ja nicht so schlimm«, sagt Laura.
»Aber jetzt ist alles anders«, sagt die Mutter. »Ich hab ja dich schon.«
Da denkt Laura, wie das wäre, wenn sie noch im Bauch der Mutter steckte. Dann wäre sie jetzt ganz schön wütend auf sich. Die kleine Laura auf die große Laura.
Wieder stellt Laura sich vor, wie das alles wäre. So mit einem Baby im Haus. Sie stellt sich alles schön vor.
Laura sagt: »Dann wären wir aber nicht mehr allein.«
Die Mutter sagt: »Wenn du das so siehst. Wenn du das wirklich so siehst.«
»Ja«, sagt Laura. »So sehe ich das.«
Und es ist wieder eine schöne Geschichte.

Mitten in dieser schönen Geschichte schlägt dann noch einmal der Gong. *Boing!*
»Und willst du gar nicht wissen, wer der Vater ist?« fragt die Mutter.
Daran hat Laura überhaupt nicht gedacht. Weil das bei ihr ja auch ohne Vater geklappt hat. Sozusagen.
Laura kennt sich bei Vätern nicht so gut aus. Väter sind Männer. Männer sind Lehrer, Polizisten und Autofahrer. Der Postbote ist ein Mann. Und Herr Ponzl.
Boing!
Die Mutter hat mit Herrn Ponzl auch geredet und geredet. Jemanden wie Herrn Ponzl kann man nicht liebhaben.
Vorsichtshalber sagt Laura: »Ich will gar nichts wissen.«
»Das Schlimme«, sagt die Mutter, »das Schlimme ist nicht so sehr das Baby. Das Schlimme ist Herr Ponzl.«
»Ja«, sagt Laura. »Ja.«
Daß die Mutter das endlich kapiert.
Und dann fällt Laura noch was ein. Was ganz Schreckliches. Denn normalerweise heiraten Mütter die Väter ihrer Kinder. Wenn nicht gerade ein Unfall passiert. Oder so was.
Aber mit Herrn Ponzl ist nichts passiert. Der sitzt oben im Haus zwei Treppen höher und wartet darauf, daß die Mutter ihn heiratet. Und damit, damit, kann Laura nicht fertig werden.
Laura hat schon richtig geahnt. Der Vater von dem Baby ist Herr Ponzl.
Laura ist ganz stumm geworden. Sie kann sich eigentlich

eine ganze Menge vorstellen, aber die Mutter und Herrn Ponzl zusammen beim Liebhaben – das nicht.
Die Mutter weint wieder ein bißchen. »Er will nicht heiraten«, sagt sie. »Er will auch kein Baby. Wenn ich das Baby will, dann will er mich nicht.« Die Mutter weint jetzt heftig.
Je mehr die Mutter schluchzt und seufzt, desto froher wird Laura. Sie hockt sich auf die Knie und umarmt die Mutter, drückt das nasse Gesicht ganz fest an ihren Oberkörper. Sie wiegt die Mutter hin und her und sagt: »Alles wird gut, alles wird gut.« Das ist der beste Trost, den sie sich ausdenken kann.
Die Mutter beruhigt sich. »Ich hatte ja gedacht, alles wird anders«, sagt sie. »Daß ich mehr zu Hause sein kann und wir eine richtige Familie werden.«
»Aber keine Ponzl-Familie«, sagt Laura. »Er ist der blödeste, widerlichste, ekelhafteste Kerl, den ich kenne.«

»Aber wenn man keinen hat...«, sagt die Mutter. »So niemanden...«
»Du hast doch mich«, sagt Laura.
»Ja«, sagt die Mutter. »Ich habe dich. Wenn ich dich nicht hätte.«
»Und wir haben das Baby«, sagt Laura. »Stell dir vor, wie das wird. Und wir sind nie allein.«
»Aber Herr Ponzl?« fragt die Mutter.
»Herr Ponzl hat damit nichts zu tun«, sagt Laura. »Brutscho.«

Es gibt gute Träume mit Füchsen und schlechte Träume mit Füchsen

Die Mutter hat aber doch noch eine Menge mit Herrn Ponzl zu tun. Herr Ponzl ist sauer. Herr Ponzl will das Baby nicht. Herr Ponzl will die Mutter mit dem Baby nicht.
Laura aber ist schon am Rechnen. Wenn das Baby auf die Welt kommt, ist sie noch zehn Jahre alt. Wenn das Baby in die Schule kommt, ist Laura riesengroß und erwachsen und sechzehn Jahre alt. Wenn Laura zwanzig ist, ist das Baby zehn Jahre alt. Wenn Laura eine Oma ist, ist das Baby auch eine Oma. Brutscho.
Eines Abends soll Herr Ponzl zu Besuch kommen. Die Mutter ist aufgeregt. Schon den ganzen Tag ist sie so gewesen. Sie hatte den Besuch am Abend vorher angekündigt, und Laura war wütend gewesen und hatte getobt und geschrien. Die Sache mit Herrn Ponzl war doch schon erledigt gewesen.
»Es ist ein Versuch«, sagt die Mutter. »Ein letzter. Wenn ich ihn schon soweit habe. Vielleicht findet er Gefallen an der Idee. Wir mit ihm. Er mit uns. Wenn wir es richtig gemütlich machen.«
Laura ist unglücklich. Sie schläft erst gar nicht und dann sehr schlecht. Als die Mutter sie morgens weckt, erwacht Laura aus einem Alptraum. Sie weint.
»Was hast du, Schätzchen?« fragt die Mutter.
»Dieser Fuchs«, sagt Laura. »Dieser böse Fuchs.«
»Hast du von Füchsen geträumt?« fragt die Mutter.
Laura nickt.
»Hast du schlecht geträumt?« fragt die Mutter.

Laura steht auf. Langsam weicht der Traum. »Es gibt gute Träume mit Füchsen und schlechte Träume mit Füchsen«, sagt sie. Und dieser eben ist ein schlechter Traum mit Füchsen gewesen.
Den ganzen Tag lang denkt sich Laura einen guten Traum mit Füchsen aus, um den Alptraum zu verscheuchen. Sie denkt an viele schöne rote, weichfellige Füchse, aber immer schaut einer mit giftigen Augen aus dem Wald, und Laura muß ein Kopfkissen nehmen und es ihm auf die Schnauze drücken.
Nachmittags bleibt die Mutter zu Hause, um die Vorbereitungen zu treffen. Sie nimmt die Sache sehr wichtig und hat sich ihre fürstliche Löwenfrisur gekämmt.
Der Abendbrottisch ist gedeckt.
Laura ist sauer. Sie will nicht mitessen. Sie sitzt auf der Ecke der Couch und schmollt.
»Sei ein bißchen lieb«, sagt die Mutter. »Tu mir den Gefallen. Es ist mir sehr wichtig. Wenn ich ihn schon soweit habe.«
Als Herr Ponzl da ist, sitzt Laura weiterhin auf der Ecke der Couch. Sie hat ihre Ellenbogen auf die Knie gestützt. Ihr Gesicht liegt in beiden Händen. Von unten herauf und aus den Augenwinkeln sieht sie auf die Mutter und Herrn Ponzl.
Herr Ponzl fühlt sich nicht wohl. Das sieht man. Er sitzt seitlich am Tisch mit übergeschlagenen Beinen. Er wippt mit einem Fuß. In der Hand hält er ein Schlüsselbund. Ab und zu läßt er die Schlüssel aneinanderklirren. Mit den Fingern der linken Hand trommelt Herr Ponzl auf der Tischplatte. Es sieht aus, als ob er jederzeit zum Sprung bereit wäre.
Die Mutter zündet zwei Kerzen an, die sie extra für Herrn Ponzl gekauft hat.

Laura fällt ein, daß sie zum Geburtstag immer nur eine Kerze bekommt. Sie wird sehr, sehr wütend.
»Sei so gut, Schätzchen, und bring Herrn Ponzl ein Glas von dem Klaren«, sagt die Mutter.
Die Mutter hat also noch extra Schnaps gekauft.
Laura verdreht die Augen zur Decke und steht auf. Im Kühlschrank sieht sie die Flasche mit dem klaren Schnaps. Sie nimmt eines der kleinen Gläser aus dem Schrank. Dann schließt sie die Kühlschranktür wieder. Sie füllt das Glas mit lauwarmem Wasser und bringt es vorsichtig zu Herrn Ponzl. Der nimmt ihr das Glas ab. Sein kleiner Finger ist weit weggespreizt.

»Danke, mein kleines Fräulein«, sagt Herr Ponzl. Dann setzt er das Glas an die Lippen und kippt den Inhalt auf einmal in den Mund. Und dann prustet er alles auf einmal hinaus. Der halbe Tisch wird naßgespritzt und Laura auch.

Herr Ponzl ist aufgesprungen. Er sieht entsetzt aus. »Das ist doch...«, keucht er, »das ist doch... unerhört ist das.«

Er steht hoch und drohend über Laura, und sie hat Angst, weil sie nicht weiß, was er als nächstes tun wird. Aber dann tut Herr Ponzl das einzig Richtige. Er dreht sich auf der Stelle um und rennt hinaus.

Laura lacht wie verrückt. Die Mutter lacht und weint gleichzeitig.

»Er wird mit dir nicht fertig«, sagt die Mutter, als sie wieder sprechen kann. »O Gott. Wie soll er mit zwei Kindern fertig werden.«

»Dieser Fuchs«, sagt Laura.

»Wie soll ich das um Himmels willen alles aushalten«, sagt die Mutter. »Wie, um Himmels willen.«

Ein großes Problem erledigt sich von selbst

Die Mutter hält das alles ganz gut aus.
Herr Ponzl nicht.
Herr Ponzl weigert sich, überhaupt mit der Mutter noch was zu tun zu haben. Alles passiert nur noch schriftlich und durch sehr wichtig und amtlich aussehende Briefe.
Die Mutter erschrickt, wenn sie diese Briefe bekommt. Anschließend umarmt sie Laura. »Wenn ich dich nicht hätte«, sagt sie.
Aber sie *hat* ja Laura.
Laura sammelt Mädchennamen. Die kleine Laura soll den schönsten Namen der Welt bekommen. Katinka oder Josefina oder Julia. Polly oder Susanne oder Zita.
»Und wenn's ein Junge wird?« fragt die Mutter.
»Einen Jungen können wir nicht gebrauchen«, sagt Laura.
Sie sieht auch das Anzeigenblättchen durch und hält Ausschau nach einem gebrauchten Kinderwagen. Am liebsten wäre ihr ein nagelneuer, supermoderner, in dem noch niemand gelegen hat. Aber die Mutter hat nicht viel Geld.
Es läuft alles, wie es soll. Mutters Bauch wird dick und dikker. Es ist nicht zu übersehen, daß da eine kleine Laura auf die Welt will, eine Katinka oder Josefina oder Polly.
Als die Mutter dann ganz zu Hause bleibt, ist die Welt für Laura vollständig in Ordnung. Was sind das für Nachmittage! Zum ersten Mal in ihrem Leben macht Laura Schularbeiten, während die Mutter dabeisitzt. Das ist Himmel.
Nicht, daß sie keine Probleme hätten.
Lange müssen sie nach einem Kinderwagen Ausschau hal-

ten. Die meisten angebotenen Wagen sind immer noch zu teuer, oder sie sehen sehr schäbig aus. Zu schäbig für eine Schwester von Laura. Schließlich bekommen sie aber einen blauen Kinderwagen von der Apothekersfrau, der nur an den Rädern etwas verrostet ist.

Als das Problem mit dem Kinderwagen beseitigt ist, wartet Laura auf ein großes Gefühl der Erleichterung. Und obwohl alles bei ihnen eigentlich wirklich wie Himmel ist, gibt es immer noch ein drückendes Gefühl in Laura, und sie weiß nicht, woher es kommt und was es sein könnte.

Aber dann, gerade als es sich erledigt, weiß Laura, was noch wie ein großer grauer Stein in ihr gesteckt hat und ein Problem gewesen ist.

Das Problem heißt Ponzl.

Laura steht am Fenster und sieht, wie Herr Ponzl aus dem Haus auszieht. Mit Sack und Pack. Und die Mutter steht auch am Fenster und sieht hinaus und sagt kein Wort.

Laura denkt, was ist dran an Herrn Ponzl, daß die Mutter ihn doch liebgehabt hat.

Und die Mutter kann auf einmal Gedanken lesen und sagt: »Er war immer so höflich und so gebildet. Und so. Ja, und so. Er war ... O diese verdammt kleine Stadt.«

Aber dann nimmt sie Lauras Hand und drückt sie, und Laura will niemals mehr aus dem Fenster schauen, um Herrn Ponzl zu sehen. Das braucht sie nicht mehr. Ein großes Problem hat sich erledigt.

Eines Tages ziehen neue Leute ins Haus ein. In die Wohnung, die Herr Ponzl freigemacht hat.
Laura schaut gerade aus dem Fenster, als der Umzugswagen vor dem Haus steht.
Eigentlich bestehen die neuen Leute nur aus einer alten Frau. Sie ist ziemlich dick und fett. Von Lauras Wohnung aus sieht sie aus wie ein gekochter Kohlkopf.
Die Frau hat komische Möbel. Im Grunde sind das gar keine Möbel. Nur ein paar Holzgestelle und Bretter und Stühle, die nicht zueinander passen.
Die Umzugsleute tragen auch eine Menge grüner Topfpflanzen ins Haus. Die Pflanzen sind so groß, daß sie eigentlich gar nicht in eine Wohnung reingehören.
Die Frau hat sich unten auf einen Stuhl aus Stahlrohr gesetzt und sieht zu, wie die Männer ihre Sachen aus dem Lastwagen ins Haus schleppen. Gleichzeitig strickt sie an einem riesengroßen Schal. Sie kann das, ohne hinzugucken.
Erst als der Lastwagen leer ist, rollt sie das Strickzeug ein. Sie klappt den Stuhl zusammen und geht ins Haus.
Es sind Ferien. Laura ist den ganzen Tag zu Hause. Die Mutter und sie warten auf das Baby, das jeden Moment kommen kann.
Die Mutter kann sich kaum noch rühren. So dick ist ihr Bauch. Das Baby wird ein Riese sein.
»Ich kann mir nicht mehr die Schuhe zubinden«, sagt die Mutter. Dabei hat sie noch nie Schuhe mit Schuhbändern getragen.

»Och«, sagt Laura. »Was du so redest. Wo sind denn deine Schuhbänder?«
»Das sagt man so«, sagt die Mutter. »Wenn man sich nicht mehr bücken kann.«

»Wozu willst du dich denn bücken?« fragt Laura.
»Ach, ist doch egal«, sagt die Mutter. »Ich kann es einfach nicht mehr.«
Sie braucht es auch nicht. Laura denkt, sie macht sowieso den ganzen Haushalt allein. Zum Beispiel Mülleimer runterbringen. Und Babywäsche begucken. Ob das Zeug auch passen wird.
Heimlich zieht Laura die Schublade von der Kommode in Mutters Zimmer auf. Da liegen schon die Sachen bereit, die Laura früher getragen hat. Die Mutter hatte sie in einem Karton aufbewahrt, der oben auf dem Kleiderschrank stand. Jetzt liegt alles gefaltet in dieser Schublade und wartet auf das Baby.
Laura kann sich ihre Schwester noch nicht vorstellen. Wird sie groß oder klein sein? Wird sie aussehen wie Laura oder wie die Mutter? Aber das ist egal. Die Mutter und Laura sehen sich ja ähnlich. Da wird die Schwester schon ein bißchen aussehen wie Laura.
Lieber hätte Laura eine Schwester, die wie eine Prinzessin aussieht. Dann könnte Laura stolz auf sie sein. Langes blondes Haar und eine gerade Nase. Und nicht diese traurigen Schatten unter den Augen. Wie Laura. Oder wie die Mutter. Aber, ist ja egal.
Der Mutter scheint im Moment sowieso alles egal zu sein. Man kann mit ihr über nichts reden. Sie verschiebt alles auf später.
Auch als diese Frau vom Jugendamt kommt, die nach dem Rechten sehen will. *Nach dem Rechten sehen,* hat sie gesagt.
»Bei uns ist alles in Ordnung«, sagt die Mutter.
»Aber vielleicht brauchen Sie Hilfe«, sagt die Frau.

»Nein, danke«, sagt die Mutter. »Wir helfen uns schon selber. Was denken Sie denn von uns?«
»Ich mein ja bloß«, sagt die Frau. »Ich muß ja nach dem Rechten sehen.«
»Es ist alles in Ordnung«, wiederholt die Mutter. »Ich kann nur keinen Gedanken fassen. Mein Kopf ist so voll. Und so leer. Ich kann keinen Gedanken fassen. Vielleicht später mal.«
»Bringen Sie erst mal alles über die Bühne«, sagt die Frau. »Ich werd dann später noch mal kommen.«

»Ja«, sagt die Mutter. »Später.«
Und als die Frau vom Jugendamt fort ist, regt die Mutter sich ein bißchen auf. »Was denkt die denn, wer wir sind«, sagt sie. »Nur weil man ein Kind kriegt, denken die gleich wer weiß was von einem. Hilfe … daß ich nicht lache! Man kriegt nichts geschenkt.«
Und dann sitzt die Mutter da und wartet darauf, daß sie alles über die Bühne bringen kann.
Lauras Kopf ist auch so voll. Und so leer.

An diesem Morgen, als Laura mit dem Müllbeutel in der Hand die Treppe runterspringt, kommt ihr diese Frau entgegen. Die, die gerade eingezogen ist.
Es ist schon seltsam, daß jemand die Treppe hochläuft. Die Erwachsenen aus dem Haus benutzen immer den Fahrstuhl.
Laura bekommt einen leichten Schrecken, als sie schon von weitem so ein komisches Geschnaufe hört. Und dann steht diese Frau vor ihr.
Nicht nur vom Fenster aus sieht sie aus wie ein gekochter Kohlkopf. Auch von nahem erinnert sie Laura an zerkochtes Gemüse. Fettes Gesicht und Sauerkrautlocken. Die Augenbrauen sind abrasiert. Da, wo eigentlich die Augenbrauen hingehören, sind zwei dünne Bogen. Laura kann nicht erkennen, ob es gemalte Striche sind oder Falten.
»Guten Morgen«, sagt die Frau. Sie ist immer noch mächtig am Keuchen.
»Tag«, sagt Laura vorsichtig, weil sie eigentlich nicht mit Fremden reden soll.
»Du liebe Zeit«, sagt die Frau. »Das hier ist die steilste Treppe, der ich je begegnet bin. Das hält ja kein Aas aus. Und dabei wollte ich was für meine Figur tun.«
Laura muß etwas lachen und will ihr Grinsen verstecken, weil man sich über andere Leute ja nicht lustig machen darf.
Aber die Frau lacht plötzlich selber lauthals los. »Ich weiß, was du denkst«, prustet sie. »Du denkst, bei der Figur kann man nichts dafür tun, sondern nur dagegen. Hab ich recht?«
Laura schämt sich ein bißchen und fühlt sich irgendwie

ertappt. »Brutscho«, sagt sie aber dann und muß auch laut lachen. »Brutscho.«
»Was ist ›brutscho‹?« fragt die Frau.
»Brutscho ist brutscho«, sagt Laura.
»Ich verstehe«, sagt die Frau. »Übrigens, ich heiße Tante Philippi. Und wie heißt du?«
»Laura«, sagt Laura.
»Laurawaura«, sagt Tante Philippi.
»Nein, nur Laura«, sagt Laura.
»O Verzeihung«, sagt Tante Philippi. »Ich hätt's wissen müssen. Heute früh stand in meinem Horoskop, daß ich noch in ein Fettnäpfchen treten werde. Ach, ich bin auch so ungeschickt wie ein Nilpferd. Immer muß ich meine Finger mitten in die Geburtstagstorte stecken.«
Tante Philippi sieht sehr unglücklich aus. »Glaubst du eigentlich an Horoskope?« fragt sie.
»Öh«, sagt Laura. »Vielleicht ein bißchen. Ich lese sie immer im Anzeigenblättchen. Und wenn da steht, daß ich Glück habe, dann habe ich auch Glück.«
»Ist das so?« fragt Tante Philippi.
»Ja«, sagt Laura. »Zum Beispiel mit meinen Handschuhen. Das war so. Im Januar hatte ich meine Handschuhe verloren. Erst den rechten und dann den linken. Meine Mutter wurde verrückt. Letzte Woche stand in der Zeitung, daß ich Glück haben werde. *Sie haben eine Glückssträhne*, stand da. Und einen Tag später, einen Tag später fand ich meine Handschuhe wieder. Oben auf dem Müllcontainer lagen sie. Mitten im Sommer. Das ist eben Glück.«
»Wahnsinniges Glück«, sagt Tante Philippi. »Du bist ein ausgesprochener Glückspilz.«

»Wenn ich es mir so überlege«, sagt Laura, »habe ich immer Glück. Eigentlich ist das mit den Handschuhen jedes Jahr passiert.«

»Im Ernst?« fragt Tante Philippi.

»Im Ernst«, sagt Laura. »Im Winter verliere ich sie, und im Sommer finde ich sie wieder. Schon seit Jahren. Wenn ich es recht überlege.«

»Toll«, sagt Tante Philippi. »Ich verliere immer meinen rechten Handschuh. Der linke bleibt übrig. Ich habe eine ganze Schublade voll mit linken Handschuhen. Und du brauchst dir nie Ersatz zu kaufen.«

Laura wird ein bißchen rot. »Doch«, sagt sie. »Weil... Es ist so. Wenn ich meine Handschuhe verliere, dann habe ich eine Zeitlang eiskalte Finger. Weil meine Mutter erst mal verrückt wird.«

Laura versucht, die Mutter nachzumachen. »Herr des Himmels, schon wieder sind die Handschuhe verloren, Herr des Himmels! Und das viele Geld! Du machst mich noch verrückt!«

Laura meint es nicht böse, aber es macht Spaß, Erwachsene nachzumachen. »Wir warten immer bis zum Ausverkauf«, sagt sie. »Und dann kriege ich neue Handschuhe. Ich bekomme alles vom Ausverkauf.«

»Dann hast du ja immer zwei Paar Handschuhe«, sagt Tante Philippi.

»Nö«, sagt Laura. »Bei Handschuhen passen wir nicht so auf. Das heißt, meine Mutter kauft sie meistens allein. Und sie hat nicht mitgekriegt, daß ich auch an den Händen wachse. So ist das.«

»Du mußt deine Finger abmalen«, sagt Tante Philippi. »Auf

ein Stück Papier. Und deine Mutter muß das mitnehmen. Dann kann nichts schiefgehen.«
»Och«, sagt Laura. »Das ist zu kompliziert.«
»Nein«, sagt Tante Philippi. »Das ist ganz einfach. Mit Tricks geht alles einfach. Ich zum Beispiel kaufe mir Strümpfe und passe sie an den Händen an. Das ist auch ein Trick und klappt immer.«
»Gelogen«, sagt Laura.
»Ich lüge nie«, sagt Tante Philippi. »Es ist ehrlich wahr. Ich probiere die Strümpfe mit einem Trick an den Händen aus. Oder kaufst du Socken und probierst sie im Laden an? Das erlauben die doch nicht.«

»Wegen Stinkefüße?« fragt Laura.
»Genau«, sagt Tante Philippi. »Du mußt immer ein Maß bei dir haben, das du nie verlierst. Also, bei mir ist die Faust genauso dick, wie mein Fuß lang ist. Vom Boden bis zum Hüftknochen sind es exakt ein Meter zehn. Gut, wenn man Regalbretter kaufen muß. Meine Elle ist vierzig Zentimeter lang. Meine Nase sechs. Aber genau. Wie groß sind deine Ohren?«
»Keine Ahnung«, sagt Laura. »Muß man das wissen?«
»Aber ja«, sagt Tante Philippi. »Man weiß nie, wozu man es brauchen kann. Unter Umständen ist das lebenswichtig.«
Laura nickt. So ernsthaft hat noch nie ein Mensch mit ihr geredet. Bis auf die Mutter natürlich, aber die redet meistens über traurige Sachen, über Geld und so.
»Aber kommen wir zurück auf die Handschuhe«, sagt Tante Philippi. »Du hast also zwei Paar Handschuhe, wenn ich das richtig verstehe.«
»Nein«, sagt Laura. »Ich habe auch eine ganze Schublade voller Handschuhe. Rechte und linke. Weil sie immer zu klein sind. Wenn ich im Sommer die Handschuhe wiederfinde, sind sie mir viel zu klein geworden. Im Winter drauf muß ich dann die neuen vom Ausverkauf tragen, auch wenn sie mir fast schon zu klein sind.«
»Und die verlierst du dann im Januar«, sagt Tante Philippi. »Und so weiter und so weiter. Völlig klare Geschichte. Könntest du mit den Handschuhen nicht einen Laden aufmachen?«
»Nö«, sagt Laura. »Die warten auf meine Schwester. Dann brauchen wir keine zu kaufen.«
»Eine Schwester hast du auch?« fragt Tante Philippi.

»Ja«, sagt Laura. »Nein. Sie muß jeden Tag kommen.«
»Mit dem Zug?« fragt Tante Philippi.
»Ach nein«, sagt Laura. »Auf die Welt. Ist doch klar.«
»Ist doch klar«, sagt Tante Philippi. »Und bist du sicher, daß es eine Schwester ist?«
»Aber ja«, sagt Laura. »Einen Bruder könnte ich nicht gebrauchen.«
»Ist doch klar«, sagt Tante Philippi. »Dann grüß deine Schwester, wenn sie kommt.«
»Mach ich«, sagt Laura. »Jetzt muß ich aber zum Mülleimer. Sonst wird meine Mutter verrückt. Wenn ich so lange fortbleibe.«
»Wenn ich so lange fortbleibe, werde ich auch verrückt«, sagt Tante Philippi. »Dann schmiere ich voller Wut das nächste Laken mit blauer Ölfarbe voll.«
»Och«, sagt Laura.
»Ja«, sagt Tante Philippi. Sie beugt sich etwas vor. »Im Ernst. Eigentlich schmiere ich ständig Ölfarbe auf alte Laken.«
»Och«, sagt Laura.
»Du mußt mich mal besuchen kommen«, sagt Tante Philippi. »Abgemacht?« Sie streckt Laura die Hand entgegen.
»Abgemacht«, sagt Laura und schlägt ein, obwohl sie weiß, daß sie wahrscheinlich nie, nie in ihrem Leben Tante Philippi besuchen wird. Die Mutter würde das nie erlauben. Fremde Leute besucht man nämlich nicht.
Tante Philippi hält Lauras Hand eine Weile fest. »Jetzt sind wir miteinander verpankelt«, sagt sie.
»Was ist ›verpankelt‹?« fragt Laura.
»Verpankelt ist verpankelt«, sagt Tante Philippi.

Die kleine Laura wird an einem Montag geboren.
Laura hatte gehofft, daß sie es noch am Sonntag schaffen würde, auf die Welt zu kommen. Damit es ein Glückskind würde. Als es dann am Montag passiert, tröstet sich Laura damit, daß eigentlich alle Tage Sonntag ist. Jedenfalls solange Schulferien sind und die Mutter zu Hause ist.
Sowohl die Mutter als auch Laura schlafen die ganze Nacht vorher nicht. Die Mutter wandert im Zimmer auf und ab und wartet auf das Baby. Laura sitzt auf der Couch und sieht die Mutter an. Manchmal geht sie der Mutter hinterher. Dann laufen sie im Gänsemarsch durch die Wohnung. Laura denkt, das tut der Mutter gut. Wenn sie nicht so allein ist bei der Marschiererei.
»Wie willst du denn zurechtkommen«, sagt die Mutter, macht sich Sorgen und legt ihre Stirn in Falten. Doch meistens denkt sie nur an das Baby in ihrem Bauch. Meistens denkt Laura auch nur an das Baby.
»Ich komm schon zurecht«, sagt Laura. »Ich komme ja auch sonst ohne dich zurecht. Ich seh dich morgens eine halbe Stunde und abends drei Stunden. Was ist das schon. Da kann ich grad alleine sein.«
Das sagt Laura. Aber sie meint das nicht. Dreieinhalb Stunden sind eine Menge mehr als nichts.
»Was wirst du essen«, sagt die Mutter und hält sich den Rükken. Ihr Bauch ist erschreckend dick, daß Laura denkt, das kann doch kein Mensch aushalten.
»Ich kann doch kochen«, sagt Laura. »Nudelsuppe und

Ravioli und Käsebrot. Malventee. Wenn alle Stricke reißen, kauf ich mir eine Flasche Cola. Ich könnte nur von Cola leben.«

Die Mutter sagt gar nichts drauf. Das heißt, sie ist ganz schön abgelenkt durch das Baby im Bauch.

Laura macht sich keine Sorgen. Sie darf Mutters Portemonnaie behalten. Außerdem haben sie einen Vorrat an Dosen gekauft. Viele Päckchen Schmierkäse und einen Berg Nudelsuppe. Sie hat so viel zu essen, daß sie glatt zum Mond laufen könnte und zurück. Genug für siebenunddreißig Wochen. Mindestens.

Laura macht sich aber Sorgen um die Mutter. Sie kann sich eine Menge vorstellen, ja sicher, aber nicht, wie das Baby aus dem Bauch herauskommen soll.

»Ich glaube, ich muß ins Krankenhaus«, sagt die Mutter. »Das Baby ist ganz still geworden. Es kommt.«

Die Mutter telefoniert nach einem Taxi. »Und daß du nicht die Tür aufmachst, wenn es klingelt«, sagt sie. »Und daß du erst durchs Guckloch schaust, ehe du aus der Tür gehst.«

Aber Laura weiß doch Bescheid. Und was die Mutter jetzt noch für Gedanken hat.

»Ich ruf gleich an«, sagt die Mutter. »Sobald es da ist, rufe ich an. Ich vergeß dich nicht. Mein Schätzchen.«

Es ist Nacht. Von Sonntag auf Montag.

Die Mutter geht alleine aus der Wohnung, fährt mit dem Fahrstuhl nach unten, wo das Taxi wartet.

Laura bleibt zurück. Sie setzt sich neben das Telefon und wartet. Dreieinhalb Stunden sind eine Menge mehr als nichts. Sie weint ein bißchen. Es sieht ja keiner. Später legt sie sich auf die Couch und schläft ein.

Irgendwann klingelt das Telefon.
»Mein Schätzchen«, sagt die Mutter. »Es ist alles überstanden. Es ist ein dickes, großes Mädchen.«
»Ja?« schreit Laura ins Telefon. »Ja?«
»Und jetzt schlaf gut, mein Schätzchen«, sagt die Mutter. »Ich werde auch schlafen. Schlaf jetzt.«
»Ja«, sagt Laura. »Ja.«
Aber dann muß sie erst mal heulen, und danach ist es gut. Aber etwas macht ihr noch Sorgen. Dicke, große Mädchen kann sie eigentlich nicht ausstehen.

Sollen wir sie Nini nennen?

Bevor Laura die Schwester sieht, hat sie die reinsten Horrorvorstellungen im Kopf. Großes, dickes Mädchen. In ihren Gedanken wächst das Baby zu einem Riesennilpferd heran, schwabbelig und wabbelig und gigantisch.
Laura möchte keine Nilpferdschwester. Sie möchte gar keine Schwester mehr.
Als Laura die Mutter besuchen geht, ist sie sehr traurig. Was hat die Mutter da zustande gebracht.
Die Mutter ist wie immer. Nein. Die Mutter ist fröhlich, und der Bauch ist weg, wenigstens ein bißchen. Wie kann die Mutter nur so fröhlich sein.
Laura aber kann nun die Mutter wieder umarmen und drükken und würde am liebsten in sie hineinkriechen.
An der Hand der Mutter geht sie zur Säuglingsstation. Sie hat das Gefühl, die Mutter trösten zu müssen.
Laura ist gut vorbereitet auf das Nilpferdbaby. Ihr kann nichts passieren. Nur die arme Mutter. Die wird ihr ganzes Leben lang sagen müssen, das hier ist mein Baby, mein scheußliches wabbeliges, schwabbeliges Nilpferdbaby. Und die Leute werden denken, arme Mutter, arme, arme Mutter.
Dann hat die Säuglingsschwester nacheinander mehrere Babys auf dem Arm. Viele Leute stehen vor der Schaufensterscheibe, hinter der die Babybetten stehen, und begucken die Babys. Es sind alles ganz reizende, winzige, hübsche, liebe Babys.
Die Mutter stößt Laura an. »Und was sagst du?« fragt sie.
Was soll Laura sagen? Sie sucht den Raum hinter der Säug-

3

lingsschwester nach einem Riesenbett ab. Vielleicht haben sie das Nilpferdbaby auch irgendwoanders hingelegt. Weil sie normalerweise keine Nilpferdbetten haben.
»Wie gefällt dir denn deine Schwester?« fragt eine Frau hinter Laura.
Laura sieht die Mutter an. Die Mutter krabbelt mit ihrem Finger an der Fensterscheibe, hat den Kopf schiefgelegt und grinst eines dieser reizenden, winzigen, hübschen, lieben Babys an.
»Wo ...?« fragt Laura. »Wie ... welches ... wo?«
»Schätzchen«, sagt die Mutter. »Schau doch, wie süß sie ist, die Kleine. Sieht aus wie eine Nini. Sollen wir sie Nini nennen?«
Laura guckt und guckt. Das Nilpferdbaby ist geschrumpft, ist winzig geworden und reizend und lieb und hübsch.
»Ja«, flüstert Laura. Und brüllt dann: »Ja!« Dreht sich um und schreit es den Leuten zu. »Das ist meine Schwester. Meine Schwester ist das. Und wir wollen sie Nini nennen.«
Ach, das hat die Mutter aber gut gemacht.

Vor dem Haus begegnet Laura Tante Philippi.
»Hast du meine Grüße bestellt?« fragt Tante Philippi.
Laura weiß gar nicht, was sie meint.
»An deine Schwester?« fragt Tante Philippi.
»Ach«, sagt Laura und schlägt sich an die Stirn. »Hab ich vergessen. Aber ich hol's morgen nach.«
»Morgen ist es zu spät«, sagt Tante Philippi.
»Wieso?« fragt Laura.
»Es galt nur für heute«, sagt Tante Philippi. »Hättest du die Grüße ausgerichtet, hätte deine Schwester drei Millionen gewonnen.«
»Oh«, sagt Laura. »Das tut mir leid. Drei Millionen Mark?«
»Das ist nicht gesagt«, sagt Tante Philippi. »Drei Millionen einfach. Drei Millionen Bananen oder drei Millionen Autos oder drei Millionen Ohrfeigen. Oder drei Millionen Mark. Man kann nie genau wissen.«
»Na«, sagt Laura. »Da hat sie vielleicht sogar Glück gehabt.«
»Unter Umständen«, sagt Tante Philippi. »Ist sie denn überhaupt gut angekommen, deine Schwester?«
»Ja«, sagt Laura. »Sie ist da. Sie ist sehr gut angekommen. Heute nacht. Und sie ist ein kleines, winziges, hübsches, liebes Baby. Eigentlich sollte sie Katinka heißen oder Josefina oder Julia. Polly auch noch. Jetzt heißt sie aber Nini.«
»Eigentlich, eigentlich«, sagt Tante Philippi. »Was heißt eigentlich? Eigentlich hätte sie ja auch Johnny heißen können oder Ralph-Dieter oder Theoderich.«

»Ach nein«, sagt Laura. »Dann hätte ich ja einen Bruder bekommen müssen. Und einen Bruder kann ich doch nicht gebrauchen.«
»Ach ja«, sagt Tante Philippi. »Daran hatte ich nicht mehr gedacht. Da ist was dran. Also: Nini. Wo ist sie jetzt? Kann man sie sehen?«
»Nein«, sagt Laura. »Sie ist im Krankenhaus.«
»Das arme Ding«, sagt Tante Philippi. »Ganz allein?«
»Aber nein«, sagt Laura. »Meine Mutter ist bei ihr.«
»Ach ja«, sagt Tante Philippi. »Ich dachte nur ... weil ich meine Kinder immer ganz anders gekriegt habe. Aber so ist es gut. Und wer ist bei dir, Laura?«
»Niemand«, sagt Laura. »Ich bin bei mir.«
»Das ist doch kaum zu glauben«, sagt Tante Philippi.
Sie ist so laut, daß Laura sich umsieht, ob nicht auch andere Leute mithören können. Niemand darf wissen, daß Laura allein in der Wohnung ist. Das ist eine Regel.
»Das ist nicht zu fassen«, sagt Tante Philippi. Ihre Sauerkrautlöckchen zittern und bibbern, ja alles an Tante Philippi zittert und bibbert, ihr dicker Bauch, ihre mächtigen Brüste, alle Falten im Gesicht.
Laura wird böse. »Es geht sehr gut«, sagt sie. »Ich bin meistens allein. Ich bin dran gewöhnt.«
Sie dreht sich auf dem Absatz um, will ins Haus gehen. Guten Tag. Auf Wiedersehen.
»Halt!« brüllt Tante Philippi. »Bleib sofort stehen. Du bist verhaftet.«
Vor Schreck bleibt Laura stehen. Tante Philippi nimmt sie an die Hand. »Wenn ich sage, du bist verhaftet, dann bist du verhaftet«, sagt sie. »Ich meine es ernst.«

»Ich will nicht bei dir bleiben«, ruft Laura. »Ich will bei meiner Mutter bleiben.«
»Schluß jetzt mit dem Quatsch«, sagt Tante Philippi. »Nun komm schon mit rauf. Du wirst doch noch eine warme Suppe essen können.«
»Ich kann selber Suppe kochen«, sagt Laura.
»Käsebrote?« fragt Tante Philippi.
»Mach ich selber«, sagt Laura.
»Hm«, sagt Tante Philippi. »Laß mich mal überlegen. Arme Ritter?«
»Kenn ich nicht«, sagt Laura.
»Kennst du nicht«, sagt Tante Philippi. »Kennst du nicht. Nun komm schon. Heute abend gibt es Arme Ritter.«
»Ich muß noch meine Mutter anrufen«, sagt Laura. »Im Krankenhaus.«
»Das kannst du auch von meinem Apparat aus tun«, sagt Tante Philippi. »Auf geht's. Hilf mir mal die Treppe rauf.«

So eine Wohnung hat Laura noch nie gesehen.
Es gibt kein Wohnzimmer und kein Schlafzimmer. In einem Raum stehen ein Bett, ein Schrank und ein Schreibtisch. Es gibt noch eine große Truhe und dann all diese vielen mächtigen Topfpflanzen. Das Zimmer ist ein Urwald.
In dem anderen Zimmer hängen bemalte Laken an einer Leine, oder sie liegen auf zahllosen Holzständern oder auf einer Liege. Ein riesiges Pappschild steht quer im Zimmer. Blaubemalt, das Meer vielleicht, und zwei Gesichter in der Ecke, nah beieinander und so gezeichnet, als ob sie sich auffressen wollten.
Die Küche ist normal. Irgendwie riecht es aufdringlich nach Kohl, aber vielleicht ist es nur die Mischung von allem, was hier so rumsteht.
Laura sitzt auf der Vorderkante des Stuhles. Sie fühlt sich ungemütlich.
Tante Philippi bereitet Arme Ritter zu. Sie weicht Brötchen in Milch und Ei ein. Dann brät sie die Brötchenhälften in heißem Fett. Als sie hellbraun und knusprig sind, kommen sie auf einen Teller. Tante Philippi schüttet meterhoch Zucker drüber.
Sie essen die Armen Ritter mit Messer und Gabel. Es dampft, und der Zucker schmilzt, und der süße Geruch vermischt sich mit all den übrigen Gerüchen, daß sich Laura fast der Magen dreht.
Beim ersten Bissen merkt sie, daß ihr ganz schön mulmig gewesen ist, weil sie hungrig war. Sehr sogar.

Arme Ritter schmecken gut.
Tante Philippi schmatzt drauflos. Anscheinend schämt sie sich gar nicht. »Hm«, summt sie dabei, »hmhm.« Und als sie eine der goldgelben Brötchenhälften verspeist hat, sagt sie: »Ich hätte schon längst mal Arme Ritter backen sollen. Was habe ich verpaßt. Da habe ich aber gut gekocht.«
Laura muß lachen. Wenn sich auch jemand selber so lobt! Sie prustet den halben Zucker heraus und verschluckt sich. Gleich hält ihr Tante Philippi die Arme hoch und klopft ihr kräftig den Rücken.

Laura hat so was noch nie erlebt. Sie und die Mutter, das ist so eine ruhige Sache. Meistens ist es ziemlich still bei ihnen, es sei denn, sie zanken sich und Laura muß brüllen und schreien. Aber diese Tante Philippi macht einen Lärm, als ob sie aus drei Personen bestünde.
Laura muß husten und prusten und lachen, alles zugleich. Sie reibt sich die Augen, weil die Tränen runterkullern.
Tante Philippi nimmt Laura in die Arme und drückt sie an ihren weichen, ausladenden Busen. »O du armes Kind«, sagt sie. »Oder reibst du dir die Augen, weil du ein Gerstenkorn hast? Ja, wirklich! So was Schreckliches. Was machen wir denn da? Müssen wir dich ins Krankenhaus schaffen? Mußt du operiert werden? Sollen wir den Notarzt holen?«
»Ich hab kein Gerstenkorn«, sagt Laura. »Ich hab keins.«
»Dann wirst du eins kriegen«, sagt Tante Philippi. »Gerstenkörner sind immer vorhanden, ob du sie siehst oder nicht. Mach schnell Spucke drauf.«
»Iii«, sagt Laura. »Nö.«
»Das einzige, was bei Gerstenkörnern hilft, ist Spucke«, sagt Tante Philippi. »Deine eigene, leibhaftige Spucke.«
»Bäh«, sagt Laura.
»Es ist nämlich so«, sagt Tante Philippi. »Gerstenkörner sind empfindliche Wesen. Wenn du es genau nimmst, dann sind sie die empfindlichsten Wesen auf der Welt. Sie müssen gehegt und gepflegt werden, und man gibt ihnen Spucke. Man muß sehr behutsam mit ihnen umgehen.«
»Ich hab kein Gerstenkorn«, sagt Laura.
»Du könntest aber eins kriegen«, sagt Tante Philippi. »Man sollte vorbeugen. Gerstenkörner kriegt man immer dann, wenn man sie gar nicht gebrauchen kann. Wenn du zum Bei-

spiel zum Empfang des Regierungspräsidenten geladen bist, bekommst du garantiert ein Gerstenkorn. Solche Tage lieben sie. Ich streiche mir jeden Abend Spucke auf die Augenlider, und was soll ich sagen, ich hab seit siebenhundertdreißig Jahren kein Gerstenkorn mehr gehabt.«
Laura streicht sich schnell Spucke aufs Auge.
»So ist's gut«, sagt Tante Philippi. »Und jetzt halten wir Ruhe und essen. Sonst denkst du vielleicht noch, ich wäre verrückt.«
Da lacht Laura und findet Tante Philippi überhaupt nicht verrückt.

Die Armen Ritter sind aufgegessen. Nur noch der herabgefallene Zucker liegt auf dem Teller. Tante Philippi bietet Laura den Teller an. »Möchtest du ihn ablecken?«
Laura schüttelt den Kopf. Zu Hause darf sie auch keinen Teller ablecken. Obwohl sie das natürlich kann und es manchmal heimlich und wenn sie allein ist doch tut. Und weil Laura viel allein ist, hat sie eigentlich viel Übung im Tellerablecken. Aber so vor allen Leuten würde sie das nie tun.
»Ich verrat es nicht«, sagt Tante Philippi. »Niemandem auf der Welt. Nicht deiner Mutter, nicht deinen Lehrern, nicht niemandem. Und wenn sie mich foltern und vierteilen.«
Laura schüttelt den Kopf. Sie macht das wirklich nicht vor allen Leuten.
Tante Philippi sieht erleichtert aus.
»Ich hatte schon befürchtet ...«, sagt sie. »Wenn du erlaubst...« Und sie nimmt den Teller hoch und leckt ihn ab, hat die Augen geschlossen und grunzt ihr »Hmhm«, und Laura traut ihren Augen nicht.
»Verrat es nicht«, sagt Tante Philippi. »Niemandem auf der Welt. Und wenn sie dich foltern und vierteilen. Versprich es.«
»Ich verspreche es«, sagt Laura.
»Und wenn sie mich foltern und vierteilen«, sagt Tante Philippi.
»Und wenn sie mich foltern und vierteilen«, sagt Laura.
Tante Philippi nickt befriedigt. Sie wischt sich mit dem Handrücken den letzten Zuckerkrümel vom Kinn und leckt ihn auf. »So«, sagt sie. »Das war's, und es war gut.«

Tante Philippi sieht aus, als ob sie jeden Tag einen Teller voll Zuckerkrümel auflecken würde.
Es ist ganz still geworden.
Lauras Gedanken wandern weit weg. Sie denkt an die Mutter, und dann wandern ihre Gedanken noch weiter fort, und sie ist in irgendeiner Geschichte drin und dann in irgendeinem Film.
»Einen Taler für deine Gedanken«, sagt Tante Philippi plötzlich. »Bist du am Spinnen, oder bist du am Träumen?«
»Och«, sagt Laura.
Was soll sie sagen.
Sie muß an die Filme denken, in die sie immer geht, wenn sie alleine ist, an den Weißen Hai zum Beispiel, und sie ist sich nicht sicher, ob das Spinnen oder Träumen ist. Und sie weiß auch nicht, ob Spinnen eigentlich schlimm ist.
»Ich denk mir immer was aus«, sagt Laura. »Wenn ich auf meine Mutter warte, dann sitze ich da und träume.«
»Träumen ist was anderes als Spinnen«, sagt Tante Philippi. »Träumen ist gesund. Ich träume immer, daß ich ein Vogel wäre. Ich denke, wie schön müßte es sein, eine Schwalbe zu sein und hinzufliegen, wohin ich wollte. In den Süden zum Beispiel. An den Äquator. Ich würde zu gern in meinem Leben mal den Äquator sehen. Und dann stelle ich es mir vor. Ziehe mir einen Frack an. Todschick. Schlage mit den Armen... äh... mit den Flügeln, mein ich, und dann bin ich auf und davon und ab zum Äquator.«
Laura lacht sich kaputt. Tante Philippi im Frack und als Schwalbe kann sie sich beim besten Willen nicht vorstellen.
»Lach nicht«, sagt Tante Philippi. »Ich kann auch nicht darüber lachen. Im Gegenteil. Irgendwann wache ich auf und

finde mich nicht am Äquator wieder, sondern sitze in meiner Küche mitten in diesem schrecklichen Abwasch und sehe, daß ich keine Schwalbe bin. Und was meinst du. Dann werde ich traurig.«

Laura versucht ernst auszusehen, aber ein bißchen schief muß sie noch grinsen.

»Was ich dir damit sagen will«, sagt Tante Philippi, »ist, daß ich mit Träumen niemandem weh tu. Nicht mal mir selber. Traurigsein ist ein ordentliches Gefühl. So wie Glücklichsein. Das gehört zum Leben. Aber Spinnen ist was ganz anderes. Spinnen tut weh. Mindestens einem selber, wenn man wieder da ist. Richtig beieinander, mein ich. Wenn du das verstehst.«

Laura versteht das nicht richtig. Aber sie nickt trotzdem.

»Ich mein das so«, sagt Tante Philippi. »Solange du weißt, daß du spinnst, ist Spinnen nicht schädlich. Da mußt du aber höllisch aufpassen. Es kann dir passieren, daß du denkst, was du da so zusammenspinnst, ist die Wirklichkeit, und dann, boing, wachst du auf, und dein Hintern tut weh, weil du grad auf ihm gelandet bist. Träumen aber ist zu jeder Tages- und Nachtzeit erlaubt. Also, erzähl mal. Warst du am Spinnen oder am Träumen?«

Und Laura sagt: »Ich war grad im Kino.«

Tante Philippi läßt das benutzte Geschirr auf dem Tisch stehen. »Es lohnt sich nicht, das abzuwaschen«, sagt sie. »Wir wollen ein paar Tage damit warten. Und in die Spüle stellen wir es auch nicht. Das ist grad ein Handgriff zuviel. Wenn man Wichtigeres zu tun hat.«
Das Wichtige, das Tante Philippi zu tun hat, ist die Arbeit an ihren Laken und dem großen Pappschild.
»Komm, hilf mir«, sagt sie zu Laura.
Sie stellen das monströse Schild an die Wand.
»Es wird morgen abgeholt«, sagt Tante Philippi. »Wir fangen schon mal ein neues an. Was fällt dir zum Thema *Herbstsingen* ein?«
»Es war einmal«, sagt Laura. »Es war einmal ein Blätterwald. Der glänzte golden im Herbst, und der Wind rauschte singend durch die Äste.«
»Nein«, sagt Tante Philippi. »Keine Geschichte. Ein Bild.«
»Wozu?« fragt Laura.
»So heißt der Film«, sagt Tante Philippi. »*Herbstsingen.* Bringen sie übernächste Woche im Kino. Mir drücken sie grad so 'n Foto in die Hand. Damit ich weiß, worum's geht. Immer um Liebe. Immer küssen sie sich. Aber ich kann doch nicht immer nur Küsse malen.«
Jetzt weiß Laura auch, was auf dem großen, schon fertigen Pappbild gemalt ist. Die Leute, die Tante Philippi dort gezeichnet hat, die fressen sich gar nicht auf. Die küssen sich!
»Vielleicht kann man ein Kind malen«, sagt Laura. »Wie es

über eine Wiese hüpft. Oder zwei Kinder. Ein Kind und seine Schwester. Oder ein Haus voller Leute. Oder ein Schwimmbad.«

»Wo bleibt der Herbst?« fragt Tante Philippi.

»Steht ja dann drauf«, sagt Laura. »*Herbstsingen.* Dann wissen ja alle Leute Bescheid.«

»Du hast recht«, sagt Tante Philippi. »Wir malen ein Bild in bunten Farben. Ohne diese sich ewig küssenden Leute. Und dann schreiben wir mit schönen Buchstaben *Herbstsingen* drauf. Fertig. Basta. Schluß.«

»Und die hängen so 'n Bild auf?« fragt Laura.

»Ja«, sagt Tante Philippi. »Es gibt nicht mehr viele Kinos, die so was machen. Aber das eine neben dem Hotel in der Stadt macht das noch. Meistens hängen sie heute einfach gedruckte Plakate hin. Und das kann ja jeder. Aber so'n Titel machen... das kann nicht jeder.«

»Kannst du auch den Weißen Hai malen?« fragt Laura.

»Ich kann alles«, sagt Tante Philippi. »Elefanten male ich und Autos und Sektgläser und nackte Leute. Alles, was so vorkommt.«

»Ich würd so gern ins Kino gehen«, sagt Laura. »Ich würd mir so gern alles ansehen. Den Weißen Hai und Elefanten und nackte Leute.«

»Kino ist nichts«, sagt Tante Philippi. »Das ist keine Kunst. Die wahre Kunst ist das Theater.«

Tante Philippi stöhnt ein bißchen und setzt sich schnaufend auf ihre Liege. Vorher muß sie eine ganze Menge abräumen. Teller und Töpfe und Berge von bemalten und unbemalten Laken.

»Aber das Theater«, sagt Tante Philippi, »ist auch nicht

mehr das, was es mal war. Früher... früher konnte man ein Mensch sein. Heute sind sie alle verrückt.«
»Warst du mal beim Theater?« fragt Laura.
»Klar«, sagt Tante Philippi. »sieht man das nicht?«
»Nö«, sagt Laura. Tante Philippi sieht aus, als ob sie den ganzen Tag Kohl kochen würde.
»Na ja«, sagt Tante Philippi. »Du hättest mich früher sehen sollen. Ich war ein ganz schmaler Hecht. Ich trug die höchsten Stöckelabsätze, die es gab. Zwölf Zentimeter! Die ersten Röhrenhosen. Stöckelabsätze zu Röhrenhosen tragen war verboten. Ich hab es trotzdem getan. Und habe meine Bilder gemalt. Aber schau mich jetzt an. Na ja.«
»Und warum hast du damit aufgehört?« fragt Laura.
»Als ich mit dem Kinderverhaften anfing, konnte ich nicht dauernd am Theater sein«, sagt Tante Philippi. »Ich habe dann was anderes gemacht. Auch jetzt noch. Male ein bißchen fürs Bauerntheater. Immer wenn sie ein neues Stück einstudieren, darf ich die Kulissen malen. Fenster mit Balkonkästen oder die Alpen. Ich beklag mich nicht. Wer rastet, der rostet. Im Kopf blöd sein ist das Schlimmste, was einem passieren kann. Sag ich immer. Du kannst blöd sein, wo du willst, aber nicht im Kopf.«
Dann wirft Tante Philippi ihren Kopf in den Nacken und lacht ein schallendes, glockenhelles Lachen, das Laura ihr nicht zugetraut hat.
»Wenn du Lust hast, kannst du mir helfen«, sagt Tante Philippi. »Wenn du dir Geschichten ausdenken kannst, dann kannst du auch schreiben. Oder nicht? Der Titel muß noch auf das Bild an der Wand. *Mitten im Sommer.* Wie schreibt man ›mitten‹? Wie schreibt man ›Sommer‹?«

AULIN
LEX
CINEMASCOPE

»Ich kann das«, sagt Laura. »Zwei Te, zwei Em und groß. Ist doch klar.«
»Nichts ist klar«, sagt Tante Philippi. »Hast du eine Ahnung. Es gibt Menschen, die schreiben ›Sommer‹ mit Vau und ›mitten‹ mit Ix. Hast du eine Ahnung. Hab ich dir schon erzählt von dem Mann... der war beim Theater... der konnte nicht ›Scheinwerfer‹ schreiben ... wart mal, schrieb er es mit Vau oder mit Pe Ha oder mit Ah Ii... ich weiß nicht... und der Kerl war Beleuchter, das war der Witz.«
Niemand kann so über seine eigenen Witze lachen wie Tante Philippi. Es ist ansteckend, und Laura lacht mit, obwohl sie den Witz nicht versteht.
Plötzlich schlägt sich Tante Philippi auf den Mund. »Ach du liebes Dingsbumschen«, sagt sie. »Ich werd dich mal ins Bett bringen. Malen können wir morgen noch.«
»Ich kann doch allein ins Bett«, sagt Laura. »Wirklich. Ich mach das immer selbst.«
»Keine Widerrede«, sagt Tante Philippi. »Die Kinder, die ich verhaftet habe, bringe ich immer höchstpersönlich ins Bett.«
»Ich muß noch meine Mutter anrufen«, sagt Laura.
»Da ist das Telefon«, sagt Tante Philippi. »Besser aber, du erzählst ihr nichts von mir. Ich glaub, das ist vorerst besser so. Red mit ihr übers Wetter, erzähl ihr eine Geschichte, grüß deine Schwester, aber sag ihr nichts von der Tante Philippi.«

Laura erzählt der Mutter nichts von Tante Philippi. Sie hat das Gefühl, daß die Mutter sie nicht normal finden würde, obwohl Herr Ponzl, mit dem die Mutter ja auch zu tun hatte, alles andere als normal war. Laura weiß nicht, warum Tante Philippi nicht normal ist. Weil sie wie ein Kohlkopf aussieht? Weil sie Bettlaken bunt anmalt? Weil sie Kinder verhaftet? Wahrscheinlich ist Tante Philippi wegen all dieser Sachen nicht normal. Und das kann man keinem Menschen erzählen und der Mutter erst recht nicht. Die würde verrückt.
Die Mutter kommt nach wenigen Tagen aus dem Krankenhaus. Das Baby natürlich auch. Laura denkt, daß das Baby wie ein Baby aussieht und nicht wie ein Mensch, der Nini heißt. Sie kann sich an den Namen nicht gewöhnen.
Die Mutter legt die winzige Schwester in den Kinderwagen, der im Moment auch Babys Bett ist. Baby schläft und schläft. Laura sieht zu, wie sich die Decke über dem kleinen Körper auf und ab bewegt. Baby ist so still, daß Laura schon froh ist, daß es atmet.
Am meisten Angst hat Laura davor, was man mit Baby machen soll, wenn es die Windeln voll hat. Alle vier Stunden packt die Mutter Baby aus und sieht nach, und es ist nichts drin, mal ein bißchen Pipi, das warm und süßlich riecht.
Der ganze erste Tag vergeht so, ohne daß es dramatisch wird. Baby trinkt Milch aus der Flasche, wird über die Schulter der Mutter gelegt, um aufzustoßen, und schläft, bis es irgendwann einmal leise krähend aufwacht. Die schönen sauberen Windeln. Laura ist froh, daß die Mutter ein Baby mitge-

bracht hat, das nie *groß* macht. Das wäre ja eine Katastrophe.

»Willst du deiner Schwester mal die Flasche geben?« fragt die Mutter am nächsten Tag.

Laura will gar nicht so gern oder nur ein bißchen gern. Aber dann sitzt sie auf der Couch und hält die Flasche, und der Arm stirbt ihr ab und alles, und rühren kann sie sich sowieso nicht. Warum Baby auch so langsam nuckelt. Saugt sich an der Flasche fest, daß der Gumminuckel zusammenklebt. Laura muß Baby die Flasche mit Gewalt aus dem Mund ziehen. Die Luft bubbelt durch das kleine Loch des Saugers zurück in die Flasche, und es kann weitergehen. Es dauert stundenlang!

Bäuerchen machen und ab ins Bett.

»Zieh ihr auch frische Windeln an«, sagt die Mutter. »Üb mal.«

»Ach«, sagt Laura. »Da ist doch sowieso nichts drin. Es hat gar keinen Zweck nachzuschauen. Sie haben uns ein sauberes Baby mitgegeben.«

Die Mutter lacht. »Nun mach schon«, sagt sie. »Man muß immer nachschauen.«

Laura packt Baby aus. Es ist nichts anderes als ein dicker Bauch mit Armen und Beinen. Wo soll man da wickeln? Wohin soll man da überhaupt gucken? Wo soll man da was finden?

Unterm Po liegt ein Häufchen Milch, die Baby ja gerade erst getrunken hat. Aber das ist dann doch die Katastrophe, denn es ist die Milch von gestern.

Laura fällt nicht in Ohnmacht, sie kriegt auch keinen Schreikrampf oder Würgen und Brechgefühle im Hals. Es ist die

Milch von gestern, die sie da wegputzt. Und später ist es mit Karottensaft vermischt, leicht orange, oder mit Apfelsinensaft. Laura erkennt jede Mahlzeit wieder. Püriertes Huhn und Nudeln mit Leberstückchen und Spinat. Spinat ist besonders gut wiederzuerkennen.

Laura sieht Tante Philippi schon von weitem.
Die Mutter und Laura gehen spazieren. Laura darf den Kinderwagen schieben. Baby schläft.
Laura hofft ein bißchen, daß Tante Philippi sie nicht sehen wird. Weil Tante Philippi so aussieht wie jemand, den man nicht kennen möchte. Weil man sich schämt, wenn man Tante Philippi kennt. Weil Tante Philippi wie ein gekochter Kohlkopf aussieht.
Tante Philippi läßt sich nicht anmerken, daß sie Laura schon kennt. Zumindest so kennt, wie sie sich kennen. Wie man sich eben kennt, wenn man schon Arme Ritter zusammen gegessen hat und Schilder zusammen beschriftet hat und der eine den anderen zu Bett gebracht hat.
Tante Philippi benimmt sich so, als ob die Mutter und Laura irgendwelche Leute aus dem Haus sind.
»Guten Tag«, sagt Tante Philippi und geht schon fast vorbei.
»Guten Tag«, sagt die Mutter.
»Guten Tag«, sagt Laura.
Tante Philippi trägt zwei schwere Plastiktüten. Sie schnauft mächtig und stellt ihre Tüten ausgerechnet dann auf dem Boden ab, als Laura mit dem Kinderwagen schon fast vorbei ist.
»Darf man da mal hineinsehen?« fragt Tante Philippi und zeigt auf den Kinderwagen.
»Aber ja«, sagt die Mutter. Sie ist im Moment furchtbar stolz, wenn jemand sie auf Baby anspricht, und läßt alle Leute in den Kinderwagen schauen.

Die Mutter sieht Tante Philippi zwar etwas mißtrauisch an. Sie drückt aber die Federdecke, unter der Baby liegt, hinunter, so daß man Babys Kopf sehen kann.
Obwohl Tante Philippi ja eigentlich nicht normal ist, benimmt sie sich jetzt so wie ganz normale Leute.
»O wie süß«, kreischt Tante Philippi los. »Was für ein goldiges Kindchen. Was für ein süßer Fratz. Wo ist denn das kleine Schnuckelchen. Ach, du mein liebes Killikillilein.«
Die Mutter ist gar nicht mehr mißtrauisch. Sie strahlt Tante Philippi und Baby an.
Tante Philippi nutzt das gleich aus. Sie stellt sich vor. Sie sagt, daß sie erst vor kurzem eingezogen ist.
»Ach ja«, sagt die Mutter und stellt sich auch vor.
»Zwei so reizende Kinderchen«, sagt Tante Philippi, und die

Mutter schmilzt einfach so dahin. Tante Philippi hat etwas an sich, daß die Mutter gar nicht anders kann, als ihre ganze Lebensgeschichte zu erzählen. Alles, von Anfang an bis heute. Zuerst die schöne Geschichte von Lauras Geburt und dann, wie sie so alleine war, und dann das mit Herrn Ponzl und dann, was gestern passiert ist und alles bis jetzt, wo sie spazierengehen.

Tante Philippi hört zu und nickt und nickt und nickt und weiß am Ende fast alles von der Mutter und Laura. Fast. Denn alles weiß sie noch nicht. Zum Beispiel, was morgen ist und übermorgen, denn darüber hat die Mutter nicht geredet, weil ihr das Morgen und das Übermorgen große Sorgen macht und sie auch noch nicht genug darüber nachgedacht hat.

Die Mutter sagt, daß sich der Herr Ponzl ganz schäbig benommen hat. »Ich hab die Nase so voll«, sagt sie. »Ich will meine Ruhe haben. All diese Briefe von Ämtern und Rechtsanwälten. Ich halte das nicht aus. Eigentlich müßte er mir ja was zahlen, der Herr Ponzl. Jeden Monat müßte er was zahlen. Aber ich denke, ich behalte lieber meine Ruhe und verzichte auf Geld. Ich steh das allein durch. Bin ich mit Laura durch die Welt gekommen, so kommen wir auch zu dritt über die Runde.«

Und jetzt muß man sich Tante Philippi vorstellen. Sie plustert sich auf wie eine Henne. Der Kohlkopf wird noch weicher, noch dicker. Tante Philippi stemmt die Arme in die Seiten und legt los. »Das wäre ja noch schöner!« brüllt sie. »Da wären Sie aber ganz schön dumm, Mutter. Das können Sie dem Kind nicht antun. Sie dürfen nicht an Ihre Ruhe denken, sondern an das Kind. Ober haben Sie's so dicke?«

»Eben nicht«, sagt die Mutter. »Aber mir ist meine Ruhe wichtiger.«
»Ruhe und Frieden haben Sie im Grab«, sagt Tante Philippi. »Aber hier auf der Erde, da wird gearbeitet. Können Sie denn nicht rechnen? Was kriegen Sie denn für das Kind? Hundert Mark? Zweihundert Mark? Rechnen Sie doch mal. Bezahlen muß der Herr Stronzl bestimmt achtzehn Jahre lang. Das sind über zwanzigtausend Mark. Werfen Sie die einfach so zum Fenster raus?«
»Aber nein«, sagt die Mutter. »Es ist nur ... Ich mein ... Verhungern werden wir nicht.«
»Verhungern, verhungern«, sagt Tante Philippi. »Wer redet denn vom Verhungern? Stellen Sie sich vor, das Kind da wird ein Doktor. So lange müßte der Herr Konzl zahlen. Das wären dann schon dreißigtausend. Oder es wird Professor. Das macht schon vierzigtausend. Glatt oder sogar das Doppelte. Und das wollen Sie dem Herrn Monzl schenken?«
»Ponzl«, sagt die Mutter.
»Bonzl oder Gronzl«, sagt Tante Philippi. »Ist doch egal. Sie wären ganz schön dumm, Mutter. Denken Sie nicht an sich. Denken Sie an das Kind.«
»Wenn Sie das so sehen«, sagt die Mutter.
»Ja, so sehe ich das«, sagt Tante Philippi. »Ihre Ruhe in allen Ehren. Im Leben mit Kindern gibt's nie Ruhe. Ich hab schon ein paar großgezogen. Das mit der Ruhe hätten Sie sich vorher überlegen sollen. Sie können mir doch nicht erzählen, daß Sie jemand hingepeitscht hat, damit Sie Kinder bekommen. Ich stelle Sie mir sehr mutig vor. Eine Frau mit zwei Kindern will allein durchs Leben kommen. Das ist Mut! Da werden Sie doch mit so 'n paar Briefen fertig werden.«

Tante Philippi stampft mit einem Fuß auf den Boden, um alles noch mal zu bekräftigen.
Die Mutter sieht Tante Philippi mit offenem Mund an. So hat Laura noch nie jemanden mit der Mutter reden sehen. Laura denkt, die Mutter wird gleich verrückt. Wenn ihr was gegen den Strich geht, wird die Mutter leicht verrückt. Aber jetzt steht sie nur da, ein bißchen staunend und wie nach Luft schnappend. »Wenn Sie das so sehen«, sagt sie noch mal.
Tante Philippi nickt. Dann fährt sie mit dem ausgestreckten Zeigefinger direkt auf Mutters Brust zu. »Sie, Mutter«, sagt sie. »Daß mir keine Klagen kommen. Später. Wenn das Würmchen da vielleicht Professor werden will oder Zoodirektor.«
»Ich wäre schon froh, wenn ich sie so weit hätte, daß sie in einem anständigen Büro sitzen und tippen kann«, sagt die Mutter.
»Es gibt auch Tippweltmeister«, sagt Tante Philippi. »Vielleicht will sie Tippweltmeister werden. Und das kann lange dauern. Es gibt aber auch andere Berufe. Man sollte auf alles vorbereitet sein. Auch auf Sachen, von denen man sich nicht vorstellen kann, daß einer so was erwählt. Zum Beispiel Kellner. Anderen Leuten die Suppe über den Schoß gießen.«
Laura macht ein Spiel draus. »Malerin«, schlägt sie vor.
»Genau«, sagt Tante Philippi. »Anderen Leuten die Bettlaken vollschmieren.«
»Lehrer«, sagt Laura. »Andere Leute die Schularbeiten machen lassen.«
»Tütenschlepper«, sagt Tante Philippi und greift nach ihren Einkaufstaschen. »Sich selber die dicksten Taschen tragen.«
Und dann schiebt Tante Philippi los.

Die Mutter sieht ihr nach. »Wie sie aussieht...«, sagt sie. »Aber was für Gedanken sie hat...«

Wie gut, daß die Mutter Tante Philippi gleich zusammen mit ihren Gedanken kennenlernt. Wie gut, daß Laura vorher nichts gesagt hat. Sonst hätte die Mutter vielleicht nur den Kohlkopf gesehen.

Laura hat gar nicht dran denken wollen. Die Mutter hat auch nicht drüber sprechen wollen.
Zuerst ist ja alles gut gewesen. Die Mutter und Baby sind zu Hause. Zunächst Laura ja auch, solange eben Ferien sind. Aber irgendwann fängt Laura an, wieder zur Schule zu gehen. Das ist an sich normal. Es ist auch normal, daß Baby wächst und gut ißt. Hühnerreis mit Tomatensoße oder so. Daran hat sich Laura gewöhnt. Auch an die Bescherung in den Windeln. Nun ja. Soweit man sich an so was gewöhnen kann.
Eines Tages sitzen Laura und die Mutter zusammen. Sie führen ein richtiges Erwachsenengespräch. Am Ende weiß Laura, was es heißt, erwachsen zu sein, aber eigentlich möchte sie dann doch nicht so gern erwachsen sein.
»Irgendwie hatte ich auf ein Wunder gehofft«, sagt die Mutter. »Aber es ist nichts zu machen. Das Glück läßt sich nicht bestechen.«
»Es ist doch alles in Ordnung?« fragt Laura. »Bist du krank?«
»Aber nein, Schätzchen«, sagt die Mutter. »Es ist nur... Ich hatte gehofft, daß es so weitergehen kann wie bisher, daß irgendwas passiert, aber es passiert nichts, und... es ist so... wir müssen wie früher weitermachen, ich mein... ich muß wieder anfangen zu arbeiten.«
Laura nickt. »Schade«, sagt sie, denn eigentlich war es wie im Paradies.
»Und da dachte ich mir, daß ich halbtags arbeiten gehe«,

sagt die Mutter. »Denn Geld muß ich verdienen. Ganztags wäre natürlich besser, aber ich kann Nini nirgendwo unterbringen. Ich hab mir die Füße wundgelaufen und den Mund fusselig telefoniert, aber es ist nichts zu machen. Es ist diese verdammt kleine Stadt.«

Na gut, denkt Laura. Halbtags ist die Mutter fort, und halbtags ist sie da. Auch gut.

»Ich kann in meinem alten Büro den halben Tag arbeiten«, sagt die Mutter. »Darauf haben sie sich eingelassen, und das ist auch schon ein Glück. Sonst hätte ich gar nicht gewußt, was ich machen soll.«

Laura nickt, und es ist alles logisch und gut und ... was soll sich die Mutter Sorgen machen.

»Dann sind wir eben nachmittags zusammen«, sagt Laura. »Halbtags. Vormittags bin ich ja sowieso in der Schule. Da merk ich gar nicht, wenn du nicht da bist.«

»Ach Schätzchen«, sagt die Mutter. Und jetzt wird das Gespräch so erwachsen, daß es gar nicht erwachsener geht. »Vormittags muß ich bei dem Baby bleiben, weil du ja nicht da bist. Und da dachte ich, daß ich nachmittags arbeiten kann, wenn du auf das Baby aufpaßt«, sagt die Mutter.

Fast hätte Laura Baby vergessen. Es ist ja nicht mehr wie früher. Sie sind nicht mehr zu zweien, sondern zu dreien. Laura kann sich zwar selber ein Butterbrot schmieren, aber Baby noch nicht, sie kann es noch nicht einmal essen.

Laura fällt auch nichts Besseres ein, als das, was die Mutter da vorschlägt. Sie kann es sich nicht vorstellen, mit Baby nachmittags allein. Aber was soll schon sein, Baby schläft sowieso fast die ganze Zeit, und einmal wickeln, gut, was ist schon dabei. Ja, Laura will sich sehr erwachsen benehmen.

»Na gut«, sagt sie. »Na ja. Wenn's sonst keinen gibt.«
»Es gibt niemanden außer dir und mir«, sagt die Mutter. »Ich bin schon froh, daß es halbtags mit der Arbeit klappt. Es ist weniger Geld, na klar, und wir werden sehr sparen müssen.«
»Keine Cola mehr?« fragt Laura.
»Keine Cola mehr«, sagt die Mutter. »Oder höchstens zu Weihnachten. Wir werden schon über die Runden kommen. Und wenn ich das Geld von Herrn Ponzl dazuzähle, dann ist es fast wie früher.«
»Na gut«, sagt Laura. »Wir können es ja mal probieren.«
»Wir können es nicht probieren«, sagt die Mutter. »Wir müssen es schaffen. Wir beide.«
Wie Laura die Mutter so ansieht, fühlt sie sich innendrin sehr weinerlich und schwach. Aber nach außen hin muß sie sehr erwachsen und stark sein. Sonst würde die Mutter weinerlich werden oder verrückt. Beides ist nicht auszuhalten.
»Und noch etwas«, sagt die Mutter. »Es soll unser Geheimnis bleiben. Wie wir das machen. Weil sonst jeder seine Nase bei uns reinstecken würde. Die Frau vom Jugendamt zum Beispiel. Morgen will sie noch mal vorbeikommen.«
»Die, die nach dem Rechten sehen will?« fragt Laura.
»Ja, die«, sagt die Mutter. »Die so tut, als ob sie auf uns aufpassen müßte. Auf dich und das Baby. Die können uns aber auch nicht helfen, die vom Amt. Nur die Nase reinstecken, und das kann ich nicht haben.«
Laura kann das auch nicht haben. Herr Ponzl durfte seine Nase auch nicht reinstecken.
Niemand.
Keiner.

»Ich werd ihr morgen sagen, bei uns ist alles in Ordnung«, sagt die Mutter. »Wir kommen zurecht. Tun wir doch. Was, Schätzchen?«

»Na klar«, sagt Laura und schluckt zweimal, weil erst alles, was sich so im Hals angesammelt hat, runter muß, der Kloß und das Weinen und die Tränen und so. »Na klar.«

Laura ist nun also sehr erwachsen. Aber lieber wäre sie das nicht.

Es läuft alles wie am Schnürchen.
Laura kommt mittags aus der Schule. Die Mutter ist schon auf dem Sprung. Sie hat Laura einen Teller dampfende Linsensuppe hingestellt und das Gläschen mit Obst, das Baby nachmittags neben ihrer Milch bekommen soll.
Die Mutter küßt Laura zum Abschied.
»Mach dir keine Sorgen«, sagt Laura. Mit Baby wird sie glatt fertig. Sie hat ja schon tüchtig geübt.
Dann ist Laura allein. Es ist fast wie früher. Baby schläft, ist also ruhig. Laura löffelt die Linsensuppe. Dann trinkt sie ein paar Gläser Wasser. Das ist ihr manchmal lieber als dieser ewige Malventee.
Laura beginnt mit den Schularbeiten.
Baby quäkt leise.
Laura geht nachsehen. Es geht Baby gut. Sie quäkt im Schlaf und nur so vor sich hin.
Laura versucht, mit den Schularbeiten voranzukommen. Aber Baby hört auf zu quäken und brüllt los. Was hat sie nur?
Laura muß nachsehen. So macht das die Mutter auch immer.
Laura nimmt Baby auf den Arm. Baby hört auf zu weinen und freut sich.
»Baby, Baby«, singt Laura und wiegt sich mit ihr rhythmisch im Kreis.
Dann muß Baby aber weiterschlafen, denn Laura ist mit den Schularbeiten noch nicht fertig.

Baby weint wieder.
Was hat sie nur?
Laura packt sich Baby auf den Schoß und öffnet das Glas mit dem Apfelbrei.
Baby hat Hunger. Sie ißt alles auf, was Laura ihr in den Mund schmiert. Baby freut sich sehr und patscht Laura ins Gesicht. Laura ist froh, daß Baby sich freut. Noch etwas zu trinken. Aufgewärmte Milch mit Karottensaft.
Nun muß Baby aber weiterschlafen.
Laura schüttelt ein bißchen am Bettchen, in dem Baby seit einiger Zeit liegt, weil der Kinderwagen für jeden Tag doch zu eng geworden ist.
Baby freut sich immer noch.

Aber dann muß Laura wieder an die Schularbeiten. Baby mag das nicht. Heult und heult.
Was hat sie nur?
Laura legt Baby auf das Wickelbrett. Ist Baby naß? Hat Baby die Windeln voll? Laura fürchtet sich vor nichts.
Baby ist ein bißchen naß. Aber deswegen so zu brüllen!
Laura zieht Baby ein neues Windelhöschen an. »Aber jetzt wird geschlafen, Babylein. Laura muß arbeiten. Hörst du das, Babylein?«
Babylein hört überhaupt nicht mehr.
Ob Laura die Mutter anrufen soll? Aber das geht nicht. Gleich am ersten Tag. Laura ist doch schon groß. Sie wird mit so einem Baby schon fertig. Die Mutter kann sich drauf verlassen.
Baby weint und weint.
Was hat sie nur?
Na gut. Dann werden die Schularbeiten eben erst abends gemacht. Laura wird mit Baby spazierengehen. Das hilft immer. Wenn Baby im Wagen durch die Straßen geschaukelt wird, ist sie immer lieb und brav. Kein Quäken. Kein Brüllen.
Laura packt Baby in den Kinderwagen. Dann schaut sie durch den Türgucker, ob auch keiner draußen steht. Mit dem Kinderwagen in den Fahrstuhl und ab nach unten. Nach draußen.
Ein bißchen holterdipolter die Treppe runter. Nichts passiert.
Und dann immer um den Block herum. »Schaukel, schaukel, Babylein«, singt Laura. Ihr fällt nichts Besseres ein. »Abends kommt das Mamilein. Nimmt das Baby auf den Arm...«

Was reimt sich auf »Arm«?
»Hat es dann sehr schön und warm.«
Baby weint immer noch.
Laura bleibt stehen und schüttelt den Wagen kräftig.
»Ruhe, Ruhe, Ruhe«, brüllt sie. »Das hält doch kein Mensch aus. Was sollen denn die Leute denken. Was hast du nur, du dummes Baby.«
Aber Baby sagt nicht, was es hat, und Laura geht wieder zum Haus zurück. Lieber soll es in der Wohnung brüllen statt auf der Straße, wo die Leute so komisch gucken.
Rückwärts jetzt die Treppe hoch. Bei der Mutter ging das immer einfacher.
Ruck und zuck und ruck und zuck.
Baby weint.
Was hat sie nur?
Laura weint auch.

»Ach du liebes Dingsbumschen«, sagt eine Stimme hinter Laura. Es ist Tante Philippis Stimme, und irgendwie ist Laura gleich erleichtert.
Tante Philippi faßt mit an. Sie keucht und stöhnt, aber sie bekommen den Wagen hoch.
»Was hat sie denn?« fragt Tante Philippi und beugt sich über Baby.
Laura zuckt mit den Schultern. Sie hätte auch gern, daß ihr jemand Babys Gebrüll erklärt.
Tante Philippi kann Lauras Schulterzucken nicht sehen, und so sagt Laura schließlich: »Weiß nicht. Sie heult schon den ganzen Tag so. Den ganzen Nachmittag.«
»Ach du liebes Dingsbumschen«, sagt Tante Philippi. »Das ist ja nicht zum Aushalten. Na, dann bring sie mal zu deiner Mutter. Die wird wissen, was sie hat.«
»Ist nicht da«, sagt Laura und heult und heult, und endlich sieht Tante Philippi, daß sie sich nicht nur um Baby, sondern auch um Laura kümmern muß.
»Ach du liebes ...«, sagt Tante Philippi und schlägt die Hände vor dem Gesicht zusammen. »Ach du liebes ... Na nun ... Was für ein Unglück! Wo ist sie denn?«
»Arbeiten«, sagt Laura.
»Ach...«, kann Tante Philippi nur noch sagen.
Dann kann man sehen, wie es in Tante Philippi arbeitet. Sie hat die Augen fest zusammengepreßt und scheint nachzudenken. »Wie...«, sagt sie. »Noch mal... Wie war das?«
»Sie geht wieder arbeiten«, sagt Laura, »nachmittags.«

»Und dann paßt du auf das Kind auf?« fragt Tante Philippi.
»Ja«, sagt Laura. »Wir haben sonst keinen.«
»Aha«, sagt Tante Philippi, reißt die Augen auf. »Aha. Ach du liebes... Aha.«
»Eigentlich ist Baby immer ganz lieb und schläft. Ich weiß auch nicht, was sie heute hat. Sie brüllt und brüllt.«
»Warum hat deine Mutter mir das nicht erzählt?« fragt Tante Philippi. »Sie hat mir doch neulich alles erzählt. Aber das nicht. Daß sie wieder arbeiten geht. Hätte ich ja auch selber drauf kommen können. So wie die Dinge stehen. Ach, ich werde langsam eine alte Kuh.«
Jetzt schaukelt Tante Philippi den Kinderwagen, aber Baby brüllt weiter.

»Was hat sie nur?« fragt Tante Philippi.
»Weiß nicht«, sagt Laura. »Trocken ist sie. Gegessen hat sie auch. Sie soll nur noch schlafen.«
»Hm«, sagt Tante Philippi. »Wie heißt sie eigentlich noch?«
»Nini«, sagt Laura. »Aber sie ist noch ein Baby.«
»Hm«, sagt Tante Philippi.»Also: Baby. Und ihr habt keinen, der auf euch aufpaßt?«
»Doch«, sagt Laura. »Ich paß auf Baby auf, und auf mich braucht keiner aufzupassen. Ich paß selber auf mich auf.«
»Das seh ich«, sagt Tante Philippi. »Und sonst?«
»Sonst gibt's keinen«, sagt Laura. »Meine Mutter hat sich die Hacken schiefgelaufen und den Mund fusselig telefoniert. Es ist diese verdammt kleine Stadt.«
»O ja«, sagt Tante Philippi. »Oje. O ja.«
»Was hat sie nur?« fragt Laura und sieht Baby an, die nicht aufgehört hat zu brüllen. Roter Kopf und Spucke um den ganzen Mund herum. »Was hat sie nur?« fragt Laura noch mal und sieht Tante Philippi an.
»Das werden wir jetzt feststellen«, sagt Tante Philippi. »Auf! Kinderwagen umdrehen und hoch zu mir.«
Laura muß nicht mehr weinen. Sie dreht den Kinderwagen um und folgt Tante Philippi, die stöhnend und wackelnd vormarschiert.
»Sind wir jetzt verhaftet?« schreit Laura.
Tante Philippi dreht sich um. »Na klar«, sagt sie. »Was denkst du denn?«

Tante Philippi muß schon viele Kinder verhaftet haben. Sie weiß genau, was sie mit Baby machen soll.
Zuerst nimmt sie Baby hoch und auf den Arm. Sie legt sie sich so über ihren dicken Busen, daß Babys Kopf auf ihrer Schulter liegt. Dann klopft sie Babys Rücken, daß Laura denkt, Baby muß erst recht losquäken. Baby ist aber still geworden.
Tante Philippi geht hin und her. Sie schaukelt sich selber bei jedem Schritt hoch, daß Baby auf Tante Philippis Busen kleine Sprünge macht.
Dann bäuert Baby los. Erst gibt es einen kleinen Rülpser, aber dann kommt ein Knall, und das ist kein Bäuerchen mehr, das ist ein ausgewachsener Bauer.
Laura muß lachen, und etwas schämt sie sich auch, daß Baby bei anderen Leuten so losbäuert.
Aus Babys Mund kommt ein dünner Strahl Obstbrei und fließt auf Tante Philippis Pullover. Es riecht säuerlich.
»Das war's«, sagt Tante Philippi. »Hast du sie kein Bäuerchen machen lassen?«
»Doch«, sagt Laura. Sie kann sich nicht genau erinnern. »Sie hat aber nur ein kleines gemacht.«
»Babys müssen immer große Bäuerchen machen«, sagt Tante Philippi. »Und am besten zwei.«
»Das dauert mir zu lang«, sagt Laura.
»Ja«, sagt Tante Philippi. »Für Babys braucht man viel Zeit und Geduld. Wir haben Glück mit ihr. Daß es nur das Bäuerchen war. Sie hätte auch die Pupserei haben können.«

»Was ist denn das?« fragt Laura, weil sie kaum ihren Ohren traut, daß ein Erwachsener so was sagt. Sie schämt sich schon beim Zuhören.
»Drei-Monats-Pupsen«, sagt Tante Philippi. »Dann heulen sie bei jedem Pups, den sie machen müssen. Weil's weh tut. Aber wir haben Glück. Es ist nicht die Pupserei. Es sind die Bäuerchen. Und jetzt ist's gut. Jetzt wird sie schlafen.«
Tante Philippi legt Baby zurück in den Kinderwagen. Aus einem ihrer unbemalten Laken dreht sie eine Wurst und legt sie Baby an den Rücken. Baby ist gleich eingeschlafen.
Tante Philippi benimmt sich aber nicht so, als ob ein schlafendes Baby im Zimmer ist. Sie poltert herum, verschiebt Stühle auf dem Boden, daß sie laut quietschen, und klappert mit Tellern. Sie zaubert aus Mehl und Eiern herrliche Waffeln und klatscht einen Berg Sahne drauf, ehe sie das Gebäck Laura und sich selber serviert.
Laura sieht ihr fasziniert zu und bohrt dabei gedankenverloren in der Nase.
»Guten Morgen«, sagt Tante Philippi. »Bist du oben angekommen?«
Laura ist sehr erschrocken und zieht den Finger gleich aus der Nase. Sie wischt ihn sich an der Hose ab.
»Bohr nur weiter, wenn du noch nicht fertig bist«, sagt Tante Philippi.
»Aber das tut man ja nicht«, sagt Laura. Sie ist rot geworden und schämt sich, so erwischt worden zu sein.
»Wer sagt das?« fragt Tante Philippi.
»Ich«, sagt Laura. »Alle.«
»Alle, alle«, sagt Tante Philippi. »Alle ist keiner.«
»Aber man darf das trotzdem nicht«, sagt Laura.

»Und wo steht das?« fragt Tante Philippi.
»Weiß nicht«, sagt Laura. »In irgendeinem Buch.«
»Eben nicht«, sagt Tante Philippi. »Steht nämlich nirgendwo. Nicht in der Bibel und nicht im Gesetz. Du darfst nicht bohren! Daß ich nicht lache. Steht nirgendwo.«
»Ich tu's trotzdem nicht mehr«, sagt Laura.
»Versprich so was nicht«, sagt Tante Philippi. »Du wirst es trotzdem wieder tun. So was kann kein Mensch versprechen. Weil's nämlich alle tun. Also, der Papst tut's auch.«
»Und der Bundeskanzler?« fragt Laura.
»Klar«, sagt Tante Philippi. »Und alle Politiker. Deine Lehrer auch.«
»Meine Mutter?« fragt Laura.
»Sicher«, sagt Tante Philippi. »Ich auch.«
»Ich auch«, sagt Laura. »Und Prinzessinnen?«
»Die erst recht«, sagt Tante Philippi. »Und der König von Schweden und der Zar von Rußland.«
»Den gibt's nicht mehr«, sagt Laura.
»Na, dann eben der andere«, sagt Tante Philippi. »Und die schöne Crystal vom Fernsehen. Und Rets end his Mets und wie sie alle heißen. Oussi Boussi. Rina Körner.«
»Tina Turner«, sagt Laura. »Und Herr Ponzl auch?«
»Ja sicher«, sagt Tante Philippi. »Aber der wird's vielleicht nicht zugeben. Was ich so von ihm gehört habe.«
»Iii«, sagt Laura. »Pfui. Da wird mir ganz schlecht.«
»Nur ...«, sagt Tante Philippi. »Nur ... Man sollte es auf dem Klo machen. Weil 's da keiner sieht und man sich gleich die Hände waschen kann. Oder willst du jemandem die Hand geben, der gerade bis zum Ellenbogen in der Nase gebohrt hat?«

»Nee«, sagt Laura, und dann steht sie auf und geht erst mal auf die Toilette und wäscht sich die Hände, damit sie sich anschließend richtig auf die Sahnewaffeln stürzen kann.
Als sie zurückkommt, sitzt Tante Philippi am Tisch vor all den Waffelbergen. Sie hat die Arme vor der Brust verschränkt und schaukelt mit geschlossenen Augen vor und zurück.
Ob sie jetzt vom Äquator träumt?
»Sag mal«, sagt Laura leise. »Sag mal, kannst du nicht auch meine Mutter verhaften?«
Da öffnet Tante Philippi die Augen. »Tja«, sagt sie. »Weißt du ... Das mit deiner Mutter, das ist nämlich das, worüber ich die ganze Zeit auch schon nachdenke.«

Noch am Abend wird die Mutter von Tante Philippi verhaftet. Sie wehrt sich heftig.
»Ich denke, es wird auch so klappen«, sagt die Mutter. »Du meine Güte. Es ist der erste Tag. Und Laura ist eigentlich schon erwachsen. Sie ist sehr zuverlässig. Es ist ganz und gar nicht nötig, daß sich sonst noch jemand um uns kümmert.«
»Sonst noch jemand?« schnauft Tante Philippi. »Sonst noch jemand! Ich bin nicht Sonst-noch-Jemand. Wie stellst du dir das denn in Zukunft vor, du Mutter? Daß Laura mit dem Kinderwagen jeden Tag heulend durch die Straßen zieht? Und in diesem Kinderwagen liegt ein Fratz, der noch lauter brüllt? Schöne Mutter bist du, Mutter. Wie hast du das denn mit Laura gemacht, als die noch klein war? Hast du sie einfach auf die Straße geschoben, Mutter? Und bist arbeiten gegangen?«
Die Mutter ist jetzt wie ein kleines Kind. Erst schnüffelt sie mit der Nase. Und die Augen werden rot. Schließlich weint sie los. Liegt dann plötzlich mit dem Kopf an Tante Philippis großem, weichem Schwabbelbusen und heult sich aus.
Es wäre ganz schön ungemütlich gewesen. Es ist schwer, eine Mutter zu trösten, wenn man selber soviel Trost braucht.
Zum Glück gibt's aber Tante Philippi. Sie patscht der Mutter mit ihren Würstchenfingern ein über das andere Mal auf den Rücken und schaukelt sie zwischendurch hin und her. Bis die Mutter mit dem Heulen fertig ist und sich aufsetzt und wieder reden kann.
»Damals«, sagt die Mutter, »damals war alles anders.

Damals lebte noch Oma Meyer. Sie hat auf Laura aufgepaßt. Und dann starb Oma Meyer, und Laura kam in die Schule. Seitdem ging es so. So ohne alles.«
»Ohne alles geht es überhaupt nicht«, sagt Tante Philippi. »Erst hattest du Lauras Vater, und dann hattest du Oma Meyer. Dann kam Herr Ponzl. Und jetzt gibt es eben Tante Philippi. Ohne alles geht überhaupt nichts, Mutter.«
»Wie soll ich das denn je wiedergutmachen«, sagt die Mutter. »Wie soll ich das denn bezahlen?«
»Wer redet denn vom Bezahlen?« fragt Tante Philippi. »Wenn ich jemanden verhafte, dann tu ich das umsonst. Ich habe nämlich einen Vertrag mit dem lieben Gott. Wenn ihr's genau wissen wollt. Er schickt mir immer die Kinder, die ich nicht selber kriegen kann. Ich brauche sie nur auf der Straße aufzusammeln. Wen habe ich nicht schon alles verhaftet. Lisbeth Birkenkötter. Die kleine Renate. Max, den Marathonläufer, und Fritz und Willi. Und noch haufenweise mehr. Und dieses Mal habe ich gleich drei bekommen, Mutter.«
Die Mutter protestiert noch etwas. Aber das hat keinen Zweck. Gegen Tante Philippi kann sich niemand durchsetzen.
Tante Philippi besteht drauf, daß die Mutter wieder ganztags arbeiten geht. »Wennschon, dennschon«, sagt sie. »Laß uns Nägel mit Köpfen machen. Vier Stunden oder acht Stunden. Das ist für mich kein Unterschied. Aber für dich, Mutter, schon ein großer. So wird's gemacht. Brutscho.«
»Was heißt ›brutscho‹?« fragt die Mutter.
»Frag Laura«, sagt Tante Philippi.

Das Schlimmste für Tante Philippi ist, daß sie früh aufstehen muß. »Ich hab ganz vergessen, wie das ist«, sagt sie und muß sich extra ihren riesengroßen Wecker stellen. Er hat zwei Glocken, die wie Sirenen heulen.
»Er muß Tote aufwecken können«, sagt Tante Philippi. »Wenn ich schlafe, bin ich tot.«
Die Mutter bringt Baby früh zu Tante Philippi. Laura geht gleich nach der Schule hin und verbringt den ganzen Nachmittag oben. Bis die Mutter sie beide abholen kommt.
Manchmal gehen Tante Philippi, Laura und Baby draußen spazieren. Die Vorbereitung ist aber so eine Staatsaktion, daß sie es nicht allzuoft wagen.
Zuerst muß Baby eingepackt werden. Das heißt, ausgepackt, eingepackt und nach dem Spaziergang wieder ausgepackt. Weil man vor dem Spaziergang und hinterher die Windeln begucken muß.
Wenn Baby eingepackt ist, in Windeln und Strampler und Pullover und Ausfahrjäckchen und Ausfahrmützchen, kommt Tante Philippi dran. Sie zwängt sich in einen Strickschlauch, in eine Jacke, in einen Mantel und in eine Regenhaut. Für alle Fälle. (Was ein Strickschlauch ist, erklärt Tante Philippi später.)
Dann drängen sie sich stöhnend und schnaufend mitsamt dem Kinderwagen in den Fahrstuhl. Und draußen heben sie den Wagen über die Treppenstufen.
Zu dem Zeitpunkt sind Laura und Tante Philippi schon so kaputt, daß sie am liebsten auf der Stelle umkehren würden.

Aber hinauf und hinein und hoch und auspacken und einpakken ist wieder so eine Strapaze, daß sie sich die für später aufheben.
Wenn sie etwas zu Atem gekommen sind und Baby immer noch nicht schläft, was nämlich der Sinn von solchen Spaziergängen ist, fängt Tante Philippi an zu singen. Und die Leute drehen sich nach ihnen um. Anfangs hat sich Laura tüchtig geschämt. Sie hat versucht, ein Gespräch zu führen, damit Tante Philippi mit der Singerei aufhörte. Aber Tante Philippi hat mit der Singerei nicht aufgehört. Das heißt, sie hat kurz innegehalten.
»Du brauchst dich nicht zu schämen«, hat sie zu Laura gesagt. »Singen ist nichts Schlimmes. Die Leute, die sich die Hälse verdrehen, tun viel Schlimmeres zu Hause. Aber da sieht und hört sie keiner. Mich darf jeder sehen und hören. Wem's nicht paßt, der soll wegsehen und weghören.«
Und so singt Tante Philippi laut, so laut, daß es die ganze Straße hören kann. *Im Frühtau zu Berge* und *Auf du junger Wandersmann*.
Laura denkt, daß Tante Philippis Organ Tote aufwecken könnte, aber Baby schläft bei dem Gegröle tatsächlich ein.
Laura gewöhnt sich an Tante Philippis Gesang. Schließlich singt sie sogar mit und lernt von Tante Philippi auch alle zweiten und dritten Strophen, die normalerweise kein Mensch mehr kennt.
Wenn sie beide so singen, geraten die Beine in denselben Takt, und sie wandern stramm geradeaus, manchmal bis weit vor die Stadt, und dann müssen sie mühsam zurücklaufen.
Rückwege erledigt man am besten mit einem Zählreim, am

allerallerbesten mit *Eins ... zwei ... drei ... vier ... fünf ... sechs ... sieben ... acht ... neun ... zehn ... ein Hut, ein Stock, ein Regenschirm und vor, zurück, zur Seite, ran ... eins ... zwei ...* Und so weiter, und so weiter.
Auch das bringt Tante Philippi Laura bei. Und da man bei jeder Zahl vier Schritte machen muß, brauchen sie nur ein paar hunderttausendmal den Zählreim aufzusagen, und sie stehen vor dem Haus.
Tante Philippi macht alles mit. Auch *vor, zurück, zur Seite, ran.*
Ach, Laura hat es längst aufgegeben, sich wegen Tante Philippi zu schämen.

Von einem Tag auf den anderen bemerkt Laura eine Veränderung an Baby. Sie weiß zunächst nicht, woran es liegt. Klar, Baby wächst und wird größer. Baby ist ja nun schon ein halbes Jahr bei Laura und der Mutter.
Baby kann sitzen. Baby krabbelt. Baby bekommt Zähne. Heult nachts und läßt die Mutter nicht schlafen.
»Können wir sie nicht ganz bei Tante Philippi lassen?« fragt Laura die Mutter. »Baby ist unausstehlich.«
Da ist die Mutter böse auf Laura. »Schämst du dich gar nicht?« sagt sie. »Daß du dich nicht schämst!«
Laura schämt sich ein bißchen. Aber, ist doch wahr!
»Wenn Kinder Zähne bekommen, sind sie immer unleidlich«, sagt die Mutter. Sie hält ganze Nächte lang Händchen mit Baby.
»Wenn Kinder Zähne bekommen, sind sie immer unleidlich«, sagt Tante Philippi. Sie schmiert Babys Gaumen mit einem Honigzeug ein. Baby schlabbert daran herum. Sie vergißt das Weinen. Baby leckt das ganze Honigzeug ab und will mehr davon. Baby heult.
Laura ist ganz schön wütend auf Baby. Alles dreht sich um Baby neuerdings.
Laura kann Baby überhaupt nicht mehr ausstehen. Sie sieht Baby an, sieht auch die Veränderung an Baby und ahnt Böses.
Samstag und Sonntag nachmittags geht die Mutter mit Baby und Laura spazieren. Das Wetter ist jetzt meistens schön. Die Sonne scheint und läßt die Blüten explodieren.

Spazierengehen mit der Mutter ist nicht so lustig wie Spazierengehen mit Tante Philippi. Aber es ist auch nicht so anstrengend.
Die Mutter marschiert nicht stramm durch die Stadt. Und schon gar nicht singt sie beim Spazierengehen. Höchstens summt sie ein bißchen vor sich hin.
Wie heute.
Die Sonne scheint. Die Mutter summt »hmhm hmhm«. Ihre Absätze klacken leise auf dem Bürgersteig. Laura fühlt sich geborgen.
Das Sonnenlicht ist strahlend und hell. Es blendet ein bißchen. Laura kneift die Augen zusammen, weil das Licht weh tut.
Baby sitzt im Kinderwagen mit heruntergeklapptem Verdeck. Baby kneift auch die Augen zusammen. Kraust die Nase. Ihr Mund ist leicht geöffnet, so daß man ihre paar weit auseinander stehenden Zähne sehen kann.
Da ist Laura alles klar.
Baby sieht aus wie Herr Ponzl!
Der Schrecken fährt Laura in alle Glieder. Sie guckt und guckt. Dann stößt sie die Mutter an.
»Mensch, Baby sieht aus wie Herr Ponzl«, schreit sie. »Sieh doch, sieh doch mal!«
»Ach geh«, sagt die Mutter. »Ja, meinst du? Ach geh. Und wennschon. Ja wirklich?«
Dann summt die Mutter ihr »Hmhm-Hmhm«, als ob nichts wäre.
Laura gerät ganz aus dem Häuschen. »Ja, sieh doch«, ruft sie und stößt die Mutter wieder an. »Sieh doch hin. Schon wieder! Ponzl guckt schon wieder!«

»Ja, meinst du?« sagt die Mutter.
Ja. Das meint Laura.
Das ist ja nun das Schlimmste, was einer Schwester von ihr passieren konnte. Ponzl sitzt im Kinderwagen und blinzelt in die Sonne. Ponzl gähnt und nuckelt am Daumen. Ponzl schläft schließlich ein und sieht auch im Schlaf noch so aus wie ... wie Ponzl.
»Kann man Kinder nicht einfach zurückbringen?« fragt Laura.
»Bist du verrückt«, sagt die Mutter.
»Umtauschen?« fragt Laura.
»Jetzt hör aber auf«, sagt die Mutter.
»Wenigstens umerziehen«, sagt Laura. »Denkst du, daß wir sie umerziehen können? Daß sie ein anderer Mensch wird?«
Die Mutter hört gar nicht richtig zu. Sie singt jetzt leise. Was

von *Alle Blumen dieser Welt.* Nicht so laut, daß Laura sich schämen muß. Aber sie ärgert sich.
»Vielleicht kann Tante Philippi…«, überlegt sie. »Sie kann eigentlich alles. Vielleicht kann Tante Philippi sie umerziehen.«
»Tante Philippi kann keinen Menschen erziehen«, sagt die Mutter. »Sie macht alles anders als normale Leute.«
Laura weiß, was die Mutter meint. Tante Philippi hat nämlich angefangen, Baby … äh, Ponzl mit richtigen Sachen zu füttern. Die Mutter hat einen Schlag bekommen, als sie sah, wie Tante Philippi Baby … äh, Ponzl statt mit püriertem Kalbfleischbrei mit braungebrannten Bratkartoffeln fütterte. Tante Philippi aber hat gemeint, daß sie immer noch alle ihre Kinder mit ordentlichen Bratkartoffeln großgezogen habe, und dabei wolle sie auch bleiben, basta und brutscho und Ende der Diskussion.
Baby … äh, Ponzl hat derweil auf Tante Philippis Schoß gesessen und das Mäulchen aufgerissen.
»Tante Philippi ist eine Seele von Mensch«, sagt die Mutter. »Sie macht alles falsch, was man nur falsch machen kann. Sie muß unbedingt immer alles auf den Kopf stellen. Aber ohne sie wüßte ich nicht, wie … Ohne sie wüßte ich nicht, was … Und was immer sie mit der Kleinen anstellt, am Schluß hat sie es schon richtig gemacht.«
Und die Mutter beugt sich über Ponzl. »Was, meine Süße? Was, meine Kleine? Was, mein kleines, kleines Süßilein?«
Ponzls Mund zuckt im Schlaf.
Anscheinend sind alle glücklich und zufrieden. Die Mutter. Ponzl.
Nur Laura ist ganz und gar unzufrieden.

Schade, daß man Ponzl nicht so einfach aus dem Fenster werfen kann

Lauras Unzufriedenheit hält lange an, aber vielleicht ist es nur eine böse Ahnung. Sie erwartet jeden Moment eine riesige Katastrophe, so daß sie endlich sagen kann, ich habe es gewußt. Aber es gibt nur die kleinen, alltäglichen Katastrophen. Katastrophen, die natürlich mit Ponzl zu tun haben.
Laura hat versucht, Ponzl umzubiegen, sie umzustimmen. Sie wollte einen anderen Menschen aus ihr machen, eine nette, kleine Schwester, aber alle, wirklich alle Leute auf der Welt haben Lauras Bemühungen sabotiert. Die Mutter und Tante Philippi. Die haben gar nicht gemerkt, daß aus Ponzl ein kleines Biest geworden ist, das alles anfassen muß, auf jedem Schoß sitzen will und gleich losbrüllt, wenn etwas nicht nach ihrem Willen geht.
Laura aber sieht das alles.
Schade, daß sie Ponzl nicht einfach aus dem Fenster werfen kann.
Ponzl hat schon als winziges Baby ihr Fäustchen gegen die Nase gedrückt, um nicht die schmutzigen Windeln riechen zu müssen. Die eigenen Windeln! Mit dem eigenen Dreck! Sie hat diese Angewohnheit beibehalten. Sitzt stundenlang im Badezimmer auf dem Töpfchen.
»Sei so gut, Schätzchen, und hilf ihr auf«, bittet die Mutter meistens. Laura ist so gut und hilft Ponzl. Richtet sie auf, legt sie sich über das ausgestreckte Bein und wischt ihr den Hintern ab.
Da kann Ponzl den Gestank schon nicht mehr aushalten.

Hält sich die Nase zu und zappelt und zieht und kriecht schließlich mit heruntergerutschter Hose aus dem Badezimmer.
Laura hat Wut im Bauch.
Sie leert das Töpfchen ins Klo, wischt es mit Toilettenpapier aus und spült es anschließend mit sauberem Wasser nach.
Der Geruch hängt im Raum.
Es ist Zeit, daß Ponzl schnell groß wird und ihren Dreck selber wegmachen kann. Wenn man so was überhaupt je von ihr verlangen wird. Immer ist Ponzl die Süße, die Kleine. Und Laura ist die Große. Dabei ist es noch gar nicht so lange her, ein paar Monate nur, da war Laura Mutters ein und alles.
Laura öffnet das Fenster weit. Dann steigt sie auf den Toilettensitz und guckt aus dem Fenster. Von hier oben kann sie die ganze Stadt sehen. Die kleine Stadt. Die große Stadt.
Ach, wenn sie doch bloß woanders wäre. Ganz woanders.
Oder wenn Ponzl woanders wäre. Ganz woanders.
Schade, daß man Ponzl nicht so einfach aus dem Fenster werfen kann.

Nur ein Weilchen, mein Schätzchen

An dem Tag, als die Mutter lange vor dem Spiegel steht und sich schönmacht, mit der fürstlichen Löwenfrisur und allem, hat Laura diesen Satz auf der Zunge. »Ich hab es gewußt«, möchte sie sagen, aber sie bringt kein Wort raus, guckt und guckt die Mutter an, die so wunderbar ausschaut, und sieht die Katastrophe kommen. Nicht so eine kleine, alltägliche Ponzl-Katastrophe. Sondern eine riesengroße, allumfassende. Richtige Katastrophen, weiß Laura plötzlich, können nur mit der Mutter zu tun haben.

Die Mutter kämmt sich diese Löwenfrisur, fährt sich mit beiden Händen durchs Haar und klippt sich die großen, glänzenden Ohrringe an. Die Mutter sieht aus wie ... Es fällt Laura nicht ein. Die Mutter sieht so aus, daß man mit ihr einen schönen Nachmittag verbringen möchte. O ja. Sie könnten Mensch-ärger-dich-nicht spielen oder in den Park gehen. Einen Schaufensterbummel machen. Was immer die Mutter will. Und von Laura aus auch mit Ponzl. Wenn es nur ein schöner Nachmittag wird. Sie alle zusammen. Kuchen backen bei Tante Philippi. Oder... oder...

Die Mutter hat andere Gedanken. Laura weiß das genau.

Und da sagt es die Mutter auch schon. »Schätzchen«, sagt sie, »kannst du heute nachmittag mal allein auf deine Schwester aufpassen? Ich muß ein Weilchen weg, nur ein Weilchen, und bin bald wieder da.«

Es ist Samstag nachmittag, und eigentlich passen sie am Wochenende zu zweit auf Ponzl auf. Sie beide, die Mutter und Laura, weil Tante Philippi verpusten muß.

»Nur ein Weilchen«, sagt die Mutter. »Und nur heute. Und wenn ihr schön lieb seid, bringe ich euch was mit. Was möchtet ihr denn? Eine Tafel Schokolade? Oder was?«
Seit wann hat die Mutter genug Geld für eine Tafel Schokolade. Einfach so. An einem Samstagnachmittag.
Seit wann hat die Mutter so viele Worte?
»Ich pack dir die Kleine noch in den Wagen«, sagt die Mutter. »Es ist schönes Wetter draußen. Da vergeht die Zeit schnell. Du brauchst ja gar nicht auf sie achtzugeben, wenn sie im Wagen sitzt. Da gehst du ein paarmal um den Block. Dreimal, viermal, und da bin ich schon wieder. Nur ein Weilchen, mein Schätzchen.«
Die Mutter redet wie ein Wasserfall.
Sie packen Ponzl in den Kinderwagen. Ponzl ist ja kein Baby mehr. Sie ist so hopsig geworden, springt den ganzen Tag auf ihrem Hintern herum, hopp, hopp, hopp, wie ein Hüpfball.

Man muß Ponzl am Kinderwagen festbinden. Da sitzt sie nun wie ein Hund an der Leine.
Gemeinsam verlassen sie die Wohnung. Fahren hinunter und tragen den Kinderwagen über die Treppe.
»Nur ein Weilchen«, sagt die Mutter, küßt Ponzl und küßt Laura. »Ein paarmal um den Block«, sagt die Mutter. »Und ich bring euch was mit. Eine Tafel Schokolade?«
Und dann schiebt sie Laura an, damit es endlich losgeht. Laura rechtsherum. Um den Block. Und die Mutter linksherum. Zur Stadt.
Laura schaut sich immer wieder um. Dreht den Kopf und sieht der Mutter nach.
Schließlich biegt die Mutter ab.
Laura sieht nichts mehr.
Eigentlich denkt sie auch nicht mehr.
Was soll sie noch denken.

Laura schiebt Ponzl ein paarmal um den Block. Ponzl an der Hundeleine.
Die Zeit vergeht nicht. Die Zeiger der Uhr schleichen. Nach so einem kurzen Weilchen kann die Mutter noch nicht zurück sein.
Laura beschließt, auch in die Stadt zu gehen. Das hält ja keiner aus, so allein mit Ponzl um den Block zu marschieren. Nichts ist los. Niemand auf der Straße. Keiner.
Der Weg zur Stadt ist der Weg zur Schule. Den kennt Laura im Schlaf.
Sie versucht, über irgend etwas nachzudenken. Ganz angestrengt überlegt sie, an was sie denken könnte. Aber die Gedanken kullern immer weg. Und Ponzl sitzt im Wagen, tatsächlich wie ein Hund an der Leine, kräht und kräht und macht in der Sonne ein richtiges Ponzl-Gesicht, natürlich.
In der Stadt gibt es eine Menge Leute, die spazierengehen und Schaufenster begucken.
Laura beguckt auch die Schaufenster. Die Torten in der Konditorei. Erdbeertorte mit Sahne. Nußecken. Einen Berg Schokoladentafeln.
Da muß Laura wieder an die Mutter denken.
Laura will nicht an die Mutter denken. Sonst muß sie vielleicht noch heulen.
Laura besieht sich das Schaufenster mit den vielen Knöpfen und den tollen Bordüren. Da denkt sie sich Kleider aus, die sie mal tragen wird. Wenn sie groß ist, na klar, und berühmt, vielleicht, und schön, vielleicht, und reich, vielleicht.

Ponzl fängt schon wieder mit ihrer Hopserei an. Der ganze Wagen schaukelt und bebt. Das kann einem ja auf die Nerven gehen.
Laura betrachtet die schönen Kleider und die schönen Hosen und die schönen Blusen. Ponzl beguckt sich auch die schönen Kleider. Zeigt mit dem Finger auf all die Sachen hinter der Glasscheibe. »Dadididadei«, brüllt sie und richtet sich auf.
»Mensch, setz dich hin«, schreit Laura, obwohl es eigentlich überhaupt keinen Anlaß gibt, nervös zu werden. Ponzl hängt an dieser Hundeleine und kann keine Dummheiten machen. Es ärgert Laura aber, daß Ponzl sich auch für Kleider interessiert. Ponzl wird nie berühmt und schön und reich, nie im Leben.
»Setz dich hin!« ruft Laura. »Wenn ich dir das sage, dann tu das auch. Hast du nicht gehört?«
Da ist Ponzl ein bißchen erschrocken.
Laura schiebt den Wagen so schnell sie kann durch die Stadt. Und jetzt kommen auch ihre Gedanken. Sie kann sie nicht mehr bremsen.
Je schneller Laura läuft, desto schneller kommen auch diese Gedanken.
Erinnerungen.
Wenn die Mutter sich ihre fürstliche Löwenfrisur macht, dann hat das was zu bedeuten. Sie macht sich schön, wenn sie mit jemandem reden will. Nicht mit jemandem wie Laura. O nein. Das hatte die Mutter ihr ja mal klargemacht. Nicht mal mit Tante Philippi kann die Mutter reden, wenn sie reden will.
Mit Herrn Ponzl konnte die Mutter reden. Ha. Und wie sie

mit ihm geredet hat. Und vielleicht trifft sie sich heute mit ihm. Und traut sich nicht, es Laura zu sagen, und lügt und lügt, sagt was von Schokolade-Mitbringen und was nicht noch alles.

Laura rast mit dem Kinderwagen durch die Straßen. Bordstein rauf und Bordstein runter. Ponzl freut sich. »Dadididadei«, singt sie.

Laura läuft so lange, bis sie nichts mehr sehen kann. Da stehen ihr schon die Tränen in den Augen. Um nichts in der Welt will Laura jetzt weinen. Was sollen die Leute denken.

Sie reißt die Augen weit auf, damit all diese Tränen Platz haben, aber es kommen mehr und mehr, und Laura muß blinzeln, und da läuft es ihr das Gesicht hinunter. Läuft und läuft und hört nicht mehr auf.

Da setzt sich Laura auf die Bank an einer Bushaltestelle. Natürlich hat sie kein Taschentuch dabei und wischt sich mit den Händen über das Gesicht und unter der Nase lang, wo es am meisten tropft. Die Leute gucken schon.

Ponzl hopst auf ihrem Hintern, als ob es nichts Schlimmes auf der Welt gäbe, dabei ist die ganze Welt voll davon, denkt Laura, und Ponzl ist eines der schlimmen Dinge, das wird sie ihr schon irgendwann mal richtig beibringen. Und auch, daß sie unerwünscht war, ja, Laura kann glatt auf eine Schwester verzichten und auf diese ganze blödsinnige Ponzl-Geschichte. Ponzl. Den Namen kann sie schon nicht mehr hören.

Schließlich ist Laura ganz leer geworden. Nicht eine einzige Träne kommt noch heraus. Sie steht auf. Noch so ein weiter Weg zurück. Und sicherlich sieht sie ganz verschwollen aus. Verschwollen und verquollen.

Jetzt marschiert Laura zurück, ohne in die Schaufenster zu gucken. In ihrem Kopf sind lauter böse Gedanken.
»Dadididadei«, sagt Ponzl.
»Hör auf«, brüllt Laura. »Ich kann's nicht mehr hören. Was mußt du auch so dumm sein.«

Am Brunnen mitten in der Stadt scheint was los zu sein. Eine Menge Leute stehen da.
Laura schiebt den Kinderwagen bis dicht an die Menschentraube.
Nichts zu sehen. Laura stellt sich auf die Zehenspitzen. Das nützt aber gar nichts.
Die Leute lachen. Da muß doch was los sein.
Laura löst ihre Hand vom Griff des Kinderwagens. Sie drängelt sich durch die Menge, bis sie vorne steht.
Ach, da ist was los. Was ganz Lustiges.
Ein sehr langer Mann mit weiß bemaltem Gesicht macht die Leute nach. Läuft ihnen hinterher und geht genau wie sie. Watschelt wie die dicke Frau von einer Seite zur anderen. Das ist komisch. Das ist sehr zum Lachen. Oder schreitet so steif wie dieser alte Mann über den Platz. Und jetzt schlendert er dem verträumten Kind hinterdrein. Guckt hoch in die Luft, ob's da was gäbe.
Die Menschentraube wird dichter. Alle amüsieren sich prächtig.
Und nun macht er die Frau mit dem roten Kinderwagen nach. Wie sie den Wagen schiebt. Den Po hat sie etwas rausgedrückt, weil sie sich am Wagen abstützt.
Dieser Mann kann das aber toll nachmachen. Hat nichts in der Hand, worauf er sich abstützen könnte. Aber man denkt, er schiebt auch einen Kinderwagen. Drückt den Po nach hinten raus wie die Frau vor ihm, die nichts von alledem merkt.
Die Leute lachen wie verrückt.

Laura lacht auch. Der Mann soll weitermachen.
Jetzt bleibt die Frau mit dem Kinderwagen stehen. Sie hat den Mann, der hinter ihr herlief, entdeckt, schaut ihn verwundert an. Der aber tut so, als wäre nichts. Guckt Löcher in die Luft. Das ist noch komischer.
Die Frau schüttelt den Kopf. Dann schiebt sie ihren Kinderwagen resolut weiter.
Kinderwagen!
Oh, Laura muß zurück. Durch die Menge hindurch. Hin zu Ponzl, die ja zum Glück angeschnallt ist.
Laura muß sich vertan haben. Sie ist an der verkehrten Seite herausgekommen.
Jetzt rennt sie um die Menschenmenge herum.
Wo ist Ponzl?
Laura kann den Kinderwagen nicht mehr sehen.
»Ponzl!« ruft sie. »Ponzl!«
Die Leute machen so einen Lärm. Sie lachen immer noch wie verrückt.
Laura ist das Lachen vergangen. In ihr hat sich ein Riesenschrecken breitgemacht.
Wieviel Zeit vergangen sein mag.
»Ponzl! Ponzl!«
Weit und breit ist kein Kinderwagen zu sehen.
»Haben Sie vielleicht meine Schwester gesehen?«
»Haben Sie vielleicht einen Kinderwagen gesehen?«
»Ich suche meine Schwester. Haben Sie vielleicht so ein kleines Mädchen gesehen? Im Kinderwagen. Blau mit so großen Rädern.«
»Meine Schwester ist weg. Sie saß im Kinderwagen. So 'n blauer, großer.«

Niemand hat etwas gesehen. Die Leute schütteln den Kopf. Sind so groß und gucken von oben auf Laura herab. Laura fühlt sich so klein.
Weinen kann sie nicht. Als ob der Schrecken in ihr alles ausgelöscht hätte. Es ist ein großes, schwarzes Loch in ihr.
Laura geht noch einmal in einem großen Kreis um die Leute herum. Sie weiß, daß es nutzlos ist.
Dann geht sie nach Hause. Sie rennt. Sie rast. Sie läuft, so schnell sie kann. Als ob es um ihr Leben ginge.
Mama!
Laura nimmt die Treppenstufen zum Hauseingang fast mit einem Satz. Der Fahrstuhl ist irgendwo unterwegs. Zwischen Himmel und Hölle.
Laura fliegt die Treppen hoch. Schlüssel in die Wohnungstür.
Mama!
Aber die Mutter ist nicht da.

Laura stürmt weiter hoch, um Tante Philippi zu Hilfe zu holen. Klingelt wie verrückt an der Tür.
Tante Philippi macht die Tür auf. Hat Ponzl auf dem Arm und dreht sich, als sie Laura sieht, auf dem Absatz um. Dann sitzt sie seelenruhig auf ihrer Liege und füttert Ponzl mit Apfelstückchen.
Laura ist außer Atem. Will was sagen, keucht und schnauft.
»Eh du was sagst, hältst du lieber den Mund«, sagt Tante Philippi. »Ich red auch nicht mehr mit dir, jedenfalls nicht, solange deine Mutter hier nicht auch aufgekreuzt ist.«
Und dann preßt Tante Philippi die Lippen fest aufeinander, daß auch kein Ton aus ihrem Mund herausschlüpft.
Ach, das ist Laura doch egal. Sie setzt sich auf einen Stuhl und guckt Ponzl an. Die tut, als ob nichts geschehen wäre. Hat nichts von der Sache mitgekriegt. Zum Glück.
Ponzl sitzt da auf Tante Philippis mächtigem Schoß, der sie leicht auf und ab schaukelt. Sperrt das Mäulchen auf wie ein kleiner Vogel. »Dadididadei«, sagt sie.
Kleine, liebe Ponzl.
Laura ist so erleichtert, daß sie am liebsten lachen würde. Nur ein wenig. Ein kleines Lächeln, aber Tante Philippi sieht so aus, als ob sie Laura eine scheuern würde, wenn sie auch nur ein Grinsen versuchen sollte.
So ist es ziemlich still in der Wohnung. Laura hört ihr eigenes Herz in den Ohren schlagen.
Die Mutter ist auch nicht gerade gut gelaunt, als sie die Kinder abholen kommt.

»Was müßt ihr immer hier oben sitzen«, sagt sie. »Könnt ihr euch nicht mal ein Weilchen selber beschäftigen?«
»Nun setz dich erst mal hin und hör mir zu«, sagt Tante Philippi. »Setz dich!« brüllt sie, als die Mutter zögert. Und die Mutter setzt sich ganz brav, legt die zwei Tafeln Schokolade, die sie mitgebracht hat, auf den Küchentisch und schaut Tante Philippi mit großen Augen an.
Tante Philippi ist sehr laut. Sie schreit und brüllt.
Eigentlich ist das Schreien gar nicht auszuhalten, aber wenigstens spricht Tante Philippi jetzt wieder. Ihr Schweigen war noch unerträglicher.
Es war nämlich so, daß Tante Philippi zum Einkaufen in die Stadt gegangen war, weil langer Samstag ist und so, und da, jawohl, sah sie plötzlich Ponzl stehen, mutterseelenallein im Kinderwagen, jawohl, mutterseelenallein im wahrsten Sinne des Wortes. Ponzl hing schon halb aus dem Wagen, denn auch, wenn sie an diese gräßliche Hundeleine gekettet ist, kann sie sich bewegen, und sie bewegt sich ordentlich, hopst und hopst, und hing also schon halb aus dem Wagen.
Und das konnte Tante Philippi ja nicht mit ansehen. Sie nahm den Kinderwagen und suchte nach der Mutter oder wenigstens nach dieser schrecklichen Schwester, aber niemand war zu finden.
An diesem Punkt von Tante Philippis Erzählung heult Laura schon los, weil sie wirklich keine schreckliche Schwester ist oder nur ein ganz klein bißchen. Und die Mutter dreht sich um und fängt auch noch an, Laura auszuschimpfen.
Das reicht Tante Philippi aber. »Du hast gar kein Recht, das Kind so anzufahren«, sagt sie zur Mutter. Und dann geht es erst richtig los.

Zuerst ist die Mutter beleidigt, weil Tante Philippi sie für unverantwortlich hält, und sie zanken sich mächtig eine ganze Weile lang.
Dann aber hat Tante Philippi gewonnen, und die Mutter sitzt da und heult.
Laura hatte mit dem Heulen schon aufgehört, aber jetzt muß sie mit der Mutter ein bißchen mitmachen. Heulen steckt an.
Die Mutter verteidigt sich. »Einmal gehe ich aus«, sagt sie, »ein einziges Mal, und dann passiert gleich eine Katastrophe. Was habe ich denn getan? Ich bin einmal mit jemandem ausgegangen. Nach Jahren! Das verdiene ich nicht, daß ich so fertiggemacht werde.«
»Was mußt du auch ausgehen?« sagt Tante Philippi. »Bleib bei deinen Kindern, da hast du genug zu tun. Wo warst du überhaupt? Mit wem warst du weg?«
»Als ob es dich was angeht«, sagt die Mutter. »Na schön. Es geht dich was an. Ich war mit einem Herrn weg. Nur zum Kaffeetrinken. Ein Stück Erdbeertorte habe ich gegessen. Das war alles. Und einen Kaffee hatte ich. Bist du jetzt zufrieden? Bürovorsteher ist er.«
»Wieso soll ich zufrieden sein?« fragt Tante Philippi. »Hauptsache, du bist zufrieden. Aber du siehst mir nicht so aus, als ob du zufrieden bist.«
»Ist ja sowieso schon aus«, sagt die Mutter. »Meinst du, jemand nimmt mich mit zwei Kindern? Da könntest du genausogut potthäßlich sein. Das ist dasselbe. Zwei Kinder, damit bist du geradezu bestraft.«
Laura wird ganz schön sauer. Ponzl kann eine Strafe sein, aber nicht sie.
Tante Philippi wird auch ganz schön sauer. »Wie du von den

Kindern redest«, sagt sie. »Ja, das verbitte ich mir nun aber wirklich.«
»Ich mein's nicht so«, sagt die Mutter.
»Wie meinst du's denn?« fragt Tante Philippi.
»Ich mein«, sagt die Mutter, »wenn man mal einen Freund haben will, ja, einfach einen Freund, dann sind sie schon im Wege. Ich muß alles klammheimlich machen, weil ihr ja alle schon von vornherein dagegen seid. Und dann lern ich jemanden kennen, wie diesen Bürovorsteher, und denke, das wär vielleicht was, und dann ... dann hört er von den Kindern, und es ist aus und vorbei. Ich lieb sie ja, die Kinder. Ich lieb sie und so... aber...«
»Aber ...«, sagt Tante Philippi. »Aber ... Da gibt es kein Aber. Und diese dumme Geschichte vom Bürovorsteher. Wenn du Bürovorsteher magst, dann werd doch selber einer. Wenn du Ärzte magst, dann werd doch selber einer. Wenn du Flohdompteure magst, dann werd doch selber einer. So funktioniert das. Und das eine sag ich dir. Wenn dich ein Mann mag, dann mag er dich auch mit siebenundzwanzig Kindern. Und noch dazu, wenn du potthäßlich bist. Weil das mit Liebe zu tun hat. Und Liebe hat was mit Seele zu tun. Mit der Seele, die ganz ist, ganz und groß und ganz und gar, und die steckt eben überall, im Körper und im Herzen und nicht in dieser Frisur, die du da auf dem Kopf trägst. Die Seele ist außen und innen und groß und reicht bis in den kleinen Zeh. Alles andere ist Unsinn.«
»Vielleicht hast du recht«, sagt die Mutter und ist ganz still geworden.
»Natürlich hab ich recht«, sagt Tante Philippi.
Laura spürt, wie langsam wieder alles gut wird. Sie merkt,

wie ihre Seele, die auf dem Weg von der Stadt bis hierher weggeflogen war, wieder in sie zurückrutscht und alles ausfüllt, ihren Körper, ihr Herz, ihr Außen und Innen bis in ihren kleinen Zeh. Dann nimmt sie eine Tafel Schokolade vom Tisch, knackt sie auf und beißt hinein.
»Dadididadei«, schreit Ponzl und zeigt auf die Schokolade.
Laura knackt die zweite Schokolade und gibt sie Ponzl, die daran herumschlabbert.
Schokoladentafeln tun der Seele auch sehr gut. Es geht Laura prächtig.
Ponzl vergnügt sich mit ihrer Tafel. Schmiert ihre Hände ein und ihr Gesicht. Schmiert Tante Philippi ein und die Liege.
»Großer Gott«, sagt Tante Philippi, als sie das bemerkt und aufstehen will.
»Laß nur«, sagt die Mutter. »Das mach ich schon.« Und sie macht ein Küchenhandtuch naß und schrubbt an allem rum, an der Liege, an Tante Philippi und an Ponzl. Es ist sehr lustig, besonders als Tante Philippi ihr die Schnute entgegenhält und die Mutter sie abputzt wie ein kleines Baby.
»Was ich meine«, fällt Tante Philippi noch ein, »ist nämlich, daß eine Seele wahrhaftig so groß ist wie ein Mensch. Genauso groß. Ja, das ist es, was ich meine. Daß mir das auch jeder richtig versteht.«
Und dann steht Tante Philippi doch auf, drückt Ponzl Laura auf den Schoß und macht sich in der Küche am Abendbrot zu schaffen.
Ponzl hopst auf Lauras Schoß herum, als ob es die Kinderwagenmatratze wäre. Laura hat das nicht so gern. Aber sie hält Ponzl fest und läßt sie gewähren. Nur heute. Weil heute so ein ganz und gar bescheuerter Tag gewesen ist.

Ein Strickschlauch ist ein gestrickter Schlauch

Diesen Samstag hat Laura lange nicht vergessen können. Nachdem sie und Ponzl und dann auch die Mutter von Tante Philippi verhaftet worden waren, hatte Laura monatelang das Gefühl gehabt, daß nichts mehr passieren könnte.

Und dann war doch was passiert. Nicht das mit der verschwundenen Ponzl. Das hat Laura mal lieber schnell vergessen wollen.

Passiert war was mit der Mutter, und Laura hat kapieren müssen, daß sie immer noch nicht ausreicht für die Mutter. Und Laura und Ponzl zusammen reichen auch nicht aus. Nicht mal, wenn man Tante Philippi hinzuzählt.

Laura weiß jetzt, daß die Mutter auch noch an andere Sachen denkt. Gefährliche Sachen. Sachen, die Herr Ponzl heißen könnten oder Herr Bürovorsteher.

Zum Glück ist es aber nicht Herr Ponzl gewesen, und zum Glück ist es auch nichts mit Herrn Bürovorsteher geworden.

Neuerdings sind die Tage prallvoll, aber Laura kommt zu nichts. Manchmal sehnt sie sich danach, allein zu sein. Sie möchte im Wohnzimmer sitzen und die Zeitung durchblättern. Mal wieder ins Kino gehen.

Wenn sie bei Tante Philippi ist, schafft sie es nicht, in einen Film zu gehen. Sie schaut sich die Kinoreklame im Anzeigenblättchen an. *Die Zeit nach Mitternacht.* Aber ihr fällt der passende Film dazu nicht ein. *Das Abenteuer.* Irgendwie schafft Laura es nicht, in die Geschichte einzutreten. Als ob ihr Abenteuer schon Jahre zurückläge und sie sich nicht daran erinnern könnte. Oft malt Laura mit Lust die Kinotitel für

Tante Philippi auf die großen Wandtafeln. Das ist nicht allzu schwer.
Laura tobt sich dabei richtig aus und sucht sich die Farben nach ihrer Stimmung aus. In letzter Zeit sind alle Plakate, die Laura malt, rot, knallrot, und das ist Lauras Wut darüber, daß eigentlich jederzeit was Schlimmes passieren kann. Und diese Wut kann gar nicht anders sein als eben rot. Knallrot. Blutrot. Hah.
Tante Philippi, wenn sie nichts zu tun hat, sitzt auf ihrer Liege und strickt. Sie scheint schon jahrelang an einem langen Schal gestrickt zu haben, und es sieht fast aus, als ob Tante Philippi vergessen hätte, damit aufzuhören.
Das ewige Nadelklappern macht Laura nervös. »Kannst du nicht mal Pause machen?« fragt sie gereizt. »Was wird das überhaupt? Es ist bestimmt schon hundertdreizehn Meter lang. Hast du vergessen, damit aufzuhören?«
»Meine liebe Laura«, sagt Tante Philippi. »Ich würde nichts auf der Welt lieber tun, als damit aufzuhören. Aber ich habe ein Problem. Ich habe vergessen, wie man das macht. So muß ich weiterstricken, bis mir wieder einfällt, wie man damit aufhört.«
»Zieh doch einfach die Nadeln raus«, sagt Laura.
»Bist du verrückt«, sagt Tante Philippi. »So viel weiß ich noch, daß man nämlich niemals einfach die Nadeln rausziehen darf. Dann gibt's eine Katastrophe. Ich liebe Katastrophen, aber nur, wenn sie anderen Leuten passieren. Nein, nein. Der Schluß dieser Strickerei muß ein anderer sein. Ich hab's einfach vergessen.«
»Was sollte es denn werden?« fragt Laura.
»Das ist der zweite Punkt«, sagt Tante Philippi. »Ursprüng-

lich sollte es ein Topfläppchen werden. Fünfzehn mal fünfzehn Zentimeter groß. Leider hatte ich schon beim Aufnehmen vergessen, was ich wollte. Mein Kopf ist so voll. Tausend Dinge, und ich krieg sie nicht in die Reihe. So passiert mir das oft. Ich muß mitten in diesen tausend Dingen gewesen sein, als ich dieses elende Stück begann. Als ich aufwachte aus meinen Gedanken, war es schon zu spät. Zu breit für ein Läppchen. Also beschloß ich, mir einen neuen Strickschlauch zu machen.«

»Was ist ein Strickschlauch?« fragt Laura.

»Ein Strickschlauch ist das praktischste Ding auf der Welt«, sagt Tante Philippi. »Nicht Fisch, nicht Fleisch. Weißt du, was ich meine?«

»Nein«, sagt Laura. »Soll das was zum Essen sein?«

»Ich bitte dich«, sagt Tante Philippi. »Ein Strickschlauch ist ein gestrickter Schlauch. Ist doch klar. Ein Strickschlauch ist ein Schal, den man an beiden Seiten wie Ärmel zusammennäht. Dann Pfoten rein und fertig.«

»Und wozu braucht man so was?« fragt Laura.

»Das braucht man, wenn man mit kleinen Naseweisen spazierengehen muß«, sagt Tante Philippi. »Damit der Rücken schön warm bleibt. Das Wichtigste am Menschen sind der Rücken und die Füße. Du kannst dir eine Eisnase holen, wo du willst, aber nicht am Rücken oder an den Füßen. Und jetzt gib mir mal die Brille her, mein Schatz. Ich muß die Reihen zählen.«

Laura holt Tante Philippis Brille aus der Besteckschublade, wo sie gut versteckt ist. Tante Philippi setzt die Brille nicht auf. O nein. Sie nimmt noch nicht einmal die Bügel auseinander. Tante Philippi schaut durch die zusammengelegte Brille

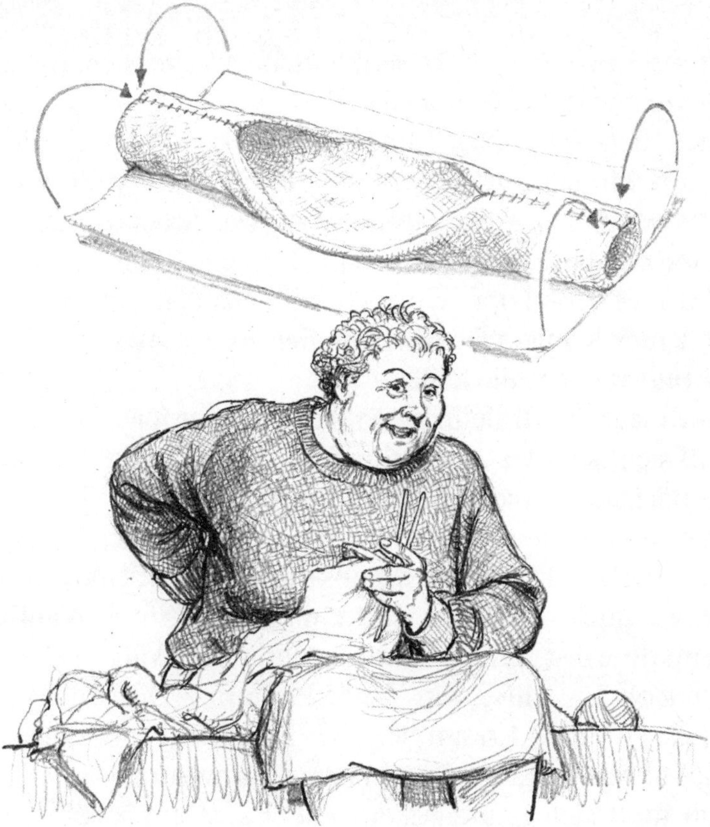

auf ihre Strickarbeit. »Tausenddreihundertsiebzehn, tausenddreihundertachtzehn...«, murmelt sie, »... tausenddreihundertsiebenundzwanzig, tausenddreihundertachtundzwanzig.« Dann schreibt sie sich die Zahl auf ein riesiges Stück Packpapier und markiert die letzte gestrickte Reihe mit einem bunten Wollfaden.

»So meine Liebe«, sagt sie zu Laura. »Nun pack mal dieses scheußliche Ding wieder weg, so daß ich es nicht finden kann.«

»Warum behältst du die Brille nicht bei dir?« fragt Laura. »Wenn du sie so oft brauchst.«

»Ja du liebe Zeit«, sagt Tante Philippi. »So oft brauche ich sie ja nun wirklich nicht. Und außerdem, ich könnte mich ja dran gewöhnen. Aber kannst du dir was Scheußlicheres vorstellen als diese Brille? Ich nicht. Ich sehe damit aus wie ein gekochter Kohlkopf. Und ich will nicht aussehen wie ein gekochter Kohlkopf. Nicht um alles in der Welt. Also sei so gut und versteck die Brille.«

Laura legt die Brille in einen der Blumentöpfe. Hoffentlich weiß sie noch, wo sie sie hingelegt hat, wenn Tante Philippi das nächstemal die Reihen zählen muß.

»Weißt du was«, sagt Laura. »Wir lernen im nächsten Schuljahr Stricken. Das haben sie uns schon gesagt. Und dann lernen wir auch bestimmt, wie man mit dem Stricken aufhört. Wenn du willst, bringe ich es dir dann bei. Willst du?«

»Und ob ich will«, sagt Tante Philippi. »Dich schickt der gütige Himmel. Komm her, daß ich dir deine bezaubernde Nase abbeißen kann. Komm her, Laurawaura.«

Nun fühlt sich Laura wieder gut. Es ist am schönsten bei Tante Philippi, wenn sie vorhat, Lauras Nase abzubeißen.

Wenn man auf Ponzl nicht aufpaßt, macht sie gleich Dummheiten. Sie krabbelt in der Wohnung von Tante Philippi herum und sucht Sachen, die sie herunterziehen oder herunterwerfen kann.
Kaum hat sich Laura weggedreht, um Tante Philippis Brille zu verstecken, ist Ponzl an die Farbtuben gegangen. Sie hat Blau und Gelb und Grün auf Lauras schönes Bild geschmiert. Überall sind Ponzls Schmierspuren zu sehen. Linien und Fingerabdrücke. Ganze Hügel von Lila. Patsch.
Tante Philippi freut sich, wenn Ponzl Dummheiten macht. Sie legt ihren Kopf weit in den Nacken und stößt ihr dröhnendes Lachen aus.
Ponzl dreht den Kopf. Wenn sie sieht, daß Tante Philippi sich freut, macht sie weiter. »Dadididadei«, sagt sie.
»Ja«, sagt Tante Philippi. »Das ist ein Osterei. Ja, meine Süße. Das ist ein Osterei.«
Laura ist wütend. Tante Philippi versteht Ponzls Sprache nicht. »Das ist eine Schweinerei«, hat Ponzl gesagt.
Leider ist Laura nicht mit Ponzl allein im Zimmer. Die hätte dann schon was erleben können.
Laura bleibt nichts anderes übrig, als tief durchzuatmen und sich neben Tante Philippi auf die Liege zu setzen. »Schade eigentlich«, sagt Laura. »Schade, daß Ponzl keine schöne Geschichte hat.«
»Was meinst du damit?« fragt Tante Philippi. »Außerdem... du sollst nicht immer Ponzl sagen. Deine Schwester hat einen anständigen Namen.«

»Ein unanständiger paßt besser zu ihr«, sagt Laura. »Wirklich schade. Ja wirklich, das mit ihrer Geschichte.«
»Welche Geschichte?« fragt Tante Philippi.
»Ich habe eine schöne Geschichte«, sagt Laura. »Als ich noch nicht da war und meine Mutter meinen Vater kannte und so.«
»Ach, diese Geschichte meinst du«, sagt Tante Philippi.
»Ja«, sagt Laura. »Diese Geschichte meine ich. Ich jedenfalls habe eine schöne Geschichte. Und Ponzl hat eine fürchterliche.«
»Welche?« fragt Tante Philippi.
»Diese«, sagt Laura. »Es war einmal ein scheußlicher Mann, und der hieß Herr Ponzl. Er war widerlich, und seine Hände schwitzten, und er hatte giftige Augen. Am allerhäßlichsten waren aber seine Zähne. Sein Gequatsche konnte man nicht aushalten. Eines Tages redete er mit einer schönen, lieben Mutter. Er redete und redete. Und dann, und dann!«
»Das ist ja eine fürchterliche Geschichte«, sagt Tante Philippi. »Ist das dein Ernst?«
»Sie ist wahr«, sagt Laura. »Ungelogen. Ponzls Geschichte ist leider so schrecklich. Ich kann's nicht ändern.«
»Ich könnte sie dir ganz anders erzählen«, sagt Tante Philippi. »Ganz anders. Aber ich laß es lieber bleiben. Ich zank mich doch nicht mit dir. Überhaupt. Du bist in letzter Zeit unausstehlich.«
Das reicht nun aber, um Laura völlig fertigzumachen. Sie heult ganz schön los, weil die Welt so traurig ist und keiner sie versteht. Laura heult so sehr, daß sie schließlich ganz verschmiert und verquollen und wirklich unausstehlich aussehen muß. Aber gerade da, am absolut tiefsten Punkt ihres

Lebens, packt Tante Philippi sie und zieht sie auf ihren Schoß.
Laura muß sich ein bißchen dagegen wehren. Sie hofft aber, daß Tante Philippi mit dem Auf-den-Schoß-Ziehen nicht aufhört.
Sie kämpfen ein bißchen miteinander, aber schließlich muß Laura Tante Philippis starken Kräften nachgeben. Sie hockt auf Tante Philippis Schoß, der gar kein richtiger Sitz-Schoß ist, weil man immer wieder hinunterzurutschen droht. Tante Philippi muß deshalb mit einer Hand Lauras Beine umklammert halten. Sie ruckelt etwas mit ihren Beinen, sagt »hschhsch« und »nun ist aber alles gut«, bis es Ponzl unheimlich wird und sie zu brüllen anfängt.
»Ach du liebes Dingsbumschen«, sagt Tante Philippi. »Das hat mir gerade noch gefehlt.« Sie versucht, Ponzl auch auf ihren Schoß zu ziehen, was aber nicht so gut klappt, weil der Schoß für zwei Leute erst recht viel zu rutschig ist.
Tante Philippi setzt sich auf den Boden und schnappt sich dort unten beide Kinder. Laura hat es jetzt nicht mehr so nötig, geschaukelt zu werden. Aber Ponzl hört überhaupt nicht mehr zu brüllen auf.
Tante Philippi bleibt nichts anderes übrig, als eines ihrer lauten Lieder anzustimmen. »Es wohnt ein wilder Wassermann«, singt sie, und es ist so schön und so fürchterlich, daß es schließlich hilft, Ponzl zum Schweigen zu bringen.
Es ist ein schönes Lied vom wilden Wassermann im tiefen, tiefen See und der schönen, jungen Lihilohofee, der schönen, jungen Lihilohofee.
Eigentlich ist das dann die schönste Geschichte an diesem Tag.

Sobald Ponzl stehen kann, lernt sie auch das Laufen.
An ihrem ersten Geburtstag flitzt sie wie ein Wiesel durch die Wohnungen, durch die eigene und durch Tante Philippis, denn Ponzl feiert zweimal Geburtstag, einmal oben und einmal unten, was Laura schon wütend macht, denn sie hat nur unten ihren Geburtstagstisch gehabt.
Laura sieht, wie Ponzl unter den Tischen hindurchflitzt, und die Mutter lacht darüber, und Tante Philippi lacht, und Laura denkt, es ist also genauso gekommen, wie sie es mal gedacht hat. Ponzl ist ein Jahr alt und unausstehlich, und sie, Laura, ist elf und wie immer, und wenn sie zwanzig ist, ist Ponzl zehn, und wenn sie Oma ist, dann ist Ponzl auch Oma. Aber dann will Laura sich lieber nicht Ponzl auch noch als Oma vorstellen, nein, lieber nicht.
Ponzl lernt sprechen. Nach *Dadididadei* kommt *Auto* an die Reihe, danach *Mama* und dann *Tatata*. Tatata heißt Tante Philippi. Das nächste Wort, das Ponzl kann, ist *Wauwau*, aber das heißt nicht Hund, wie jeder normale Mensch sagen würde, sondern Laura. Auch das wird Laura Ponzl nie vergeben.
Ponzl lernt noch eine Menge mehr Wörter. Ganze Sätze sogar. Sie spricht bald wie ein Maschinengewehr.
Ponzl kann so schwierige Sätze wie »Daußen hat ein Hund debellt« oder »Mama soll tommen und tatatierengehen«, aber Tatata bleibt Tatata. Vor allen Dingen bleibt Wauwau Wauwau und heißt immer noch nicht Hund.
Zähneknirschend hat Laura sich an das alles gewöhnt. Am

schwersten aber fällt es ihr mit Ponzls Gesicht. Wenn die Schwester hochschaut und in die Sonne blinzelt und Laura es am liebsten allen Leuten mitteilen möchte: Seht doch, Ponzl guckt schon wieder. Aber das scheint keinen zu interessieren.
Eines Tages kommt ein Zirkus in die Stadt.
Laura hat ihn schon von weitem gesehen. Auf der Festwiese zwischen dem Wohnviertel, wo auch ihr Haus steht, und der Stadt. Die Plakate vom Zirkus hängen an jeder Ecke. Wunderschöne Plakate, auf denen ein herrlicher Tiger zu sehen ist.
Und dann passiert es, daß eines der Zirkuskinder zu Laura in die Klasse kommt. Chrissy heißt das Mädchen. Es hat schon einen richtigen Beruf: Seiltänzerin.
Lauras Lehrerin stellt Chrissy vor, und alle Kinder starren sie an, aber Laura starrt sie auch dann noch an, als alle Kinder schon längst der Lehrerin zuhören.
Chrissy sieht aus wie ein ganz normales Mädchen. Und auch wieder nicht. Eigentlich kann man auf Anhieb sehen, daß Chrissy was Besonderes ist. Eben Seiltänzerin.
Chrissy tut so, als ob es das Normalste auf der Welt wäre, neu in eine Klasse zu kommen. Sie sieht die Mitschülerinnen nicht einmal an. Laura aber muß sie immerzu ansehen und sich vorstellen, was für ein aufregendes Leben Chrissy hat. Sie jedenfalls, Laura, würde den ganzen Tag lachen und sich freuen, daß sie um die ganze Welt fahren könnte, mit all den Tigern und Elefanten und den schönen Kostümen und was nicht noch alles.
»Laura«, sagt die Lehrerin und immer wieder: »Laura.«
Das aber ist Laura schon gewöhnt. Die Lehrerin auch, und schließlich gibt sie ihre Ermahnungen auf.

In der Pause steht Chrissy allein auf dem Schulhof herum. Die meisten aus der Klasse spielen eines ihrer wilden Spiele zusammen, Gummihüpfen oder Fangen, daß sie später in der Klasse immer eine Zeitlang außer Atem sind.
Laura steht auf dem Schulhof auch alleine herum. Es hat sie noch nie jemand gefragt, ob sie mitspielen will. Sie hat auch noch nie jemanden gefragt, ob sie mitspielen darf. Laura kann so was nicht fragen.
Meistens tut Laura auf dem Schulhof sehr beschäftigt. Rennt aufs Klo und dann von einer Ecke zur anderen und dann noch mal aufs Klo. Damit es nicht so aussieht, als ob sie gerne mitspielen möchte.
Heute aber sieht Laura Chrissy an. Wie sie da steht, ein paar Meter von Laura entfernt, und so tut, als ob sie sehr beschäftigt wäre.
Chrissy sieht hierhin und dorthin, geht aufs Klo und dann zurück auf den Schulhof. Laura aber verzichtet auf ihren Gang zur Toilette, wartet auf Chrissy und stellt sich vor, daß sie sie fragen könnte, vielleicht, ob Chrissy mit ihr spielen würde oder was Ähnliches. *Gefällt dir die Schule bei uns? Wie lange bleibst du hier?*
Aber Laura hat keinen Mut zu fragen.
Zum Schluß der Pause geht Chrissy auf die Rasenfläche und macht ein paar Saltos, einfach so aus dem Stand, und alle, aber auch alle sehen ihr zu.
Chrissy schlägt noch ein paar Räder, perfekt, wie man es nicht besser machen könnte, und dann geht sie über die Rasenfläche zurück, mit hoch erhobenem Kopf, und verschwindet im Schulgebäude.
Laura hat sich die ganze Zeit über irgendwie sehr verwandt

mit Chrissy gefühlt, aber sie weiß eigentlich nicht, warum. Später fällt es ihr ein, das Wort, mitten im Unterricht, *Einsamkeit* nämlich, und deswegen, genau deswegen fühlt sie sich mit Chrissy verbunden. Sie spürt ein ganz schwesterliches Gefühl, ganz anders als zu Ponzl, eben so ein richtiges Gefühl, wie es sein sollte.

Chrissy, denkt Laura, hat es der Klasse aber gezeigt. Sie hat was, das sie zeigen kann. Und Laura denkt auch, daß Chrissy es für sie mitgemacht hat. Sie hat es allen gegeben.

Auf dem Nachhauseweg, als Laura die schönen Plakate sieht, *Zirkus Sarani*, nimmt sie sich vor, zur Tierschau zu gehen, koste es, was es wolle. Sie möchte mit Chrissy reden. Ja, auch sie braucht jemanden zum Reden. Nicht jemanden wie die Mutter oder Tante Philippi. Das ist ja ganz was anderes. Nein, jemanden wie Chrissy. Jemanden, der irgendwie verwandt mit ihr ist, ganz anders verwandt, als die Leute es normalerweise meinen.

Und vielleicht hat sie auch die Gelegenheit, einen Tiger zu streicheln, und sie stellt es sich vor, das Gefühl, wenn man so was Großes, Weiches anfaßt. Ein gutes Gefühl, einen Tiger zu streicheln.

Laura überlegt, wie sie es Tante Philippi beibringen kann, daß sie nachmittags mal fortmöchte. Immer, aber auch immer hocken sie zusammen. In Tante Philippis Wohnung. Oder sie sind auf diesen ewigen Spaziergängen. Dreimal um den Block. Oder viermal.
Tante Philippi öffnet eine Dose Milch. Sie will für die Kinder Kakao kochen, obwohl sie selber das meiste davon trinkt.
Heute mittag soll es Kakao und Käsebrötchen geben. Laura weiß nicht, warum es immer Kakao gibt, wenn sie Käsebrötchen essen. Tante Philippi aber sagt, das gehöre zusammen wie beispielsweise Pellkartoffeln und Hering oder Schweinebraten und Rotkohl.
Tante Philippi sucht die Milchdose nach den Markierungen für die Öffnung ab. Hat sie sie gefunden, sticht sie jedoch nicht in die kleinen vorgegebenen Dellen. Sie sucht sich zwei Stellen aus, die nicht für die Öffnungen vorgesehen sind, und piekt sorgfältig hinein.
Es macht Laura kribbelig. »Warum tust du das, Tante Philippi?« fragt sie. »Die Leute haben das doch extra gemacht. Damit du weißt, wo.«
»Die Leute, die Leute«, sagt Tante Philippi. »Ich laß mir doch von den Leuten nicht vorschreiben, wo ich meine Löcher hinmachen soll. Auf keinen Fall laß ich mir da was vorschreiben.«
Tante Philippi sieht sehr grimmig aus, und Laura will sie lieber nicht verärgern, weil sie Tante Philippis Erlaubnis braucht, wenn sie zur Tierschau gehen will.

Tante Philippi schüttet Zucker, Kakao und Dosenmilch in eine Kanne. Setzt Wasser zum Kochen auf. Dann nimmt sie eine Packung holländischen Käse, kramt im Kühlschrank nach ihrer Brille und beginnt die Aufschriften zu lesen, damit sie feststellen kann, wo sie eigentlich das Päckchen nicht aufreißen sollte.
Wie schön, daß Tante Philippi gute Laune hat. Jedenfalls hat sie keine ausgesprochen schlechte Laune. Während sie also die Käsebrötchen essen und den heißen, süßen Kakao trinken, traut Laura sich zu fragen, ob sie in die Tierschau darf.
»Daß dich da die Löwen fressen?« sagt Tante Philippi. »Kommt nicht in Frage.«
»Sie haben da doch keine Löwen«, sagt Laura. »Nur ein paar klitzekleine, kuschelige Tiger. Ein paar Ponys und ein paar Elefanten. Bitte, Tante Philippi, bitte.«
»Daß dich da die klitzekleinen, kuscheligen Tiger fressen?« sagt Tante Philippi. »Kommt nicht in Frage.«
»Liebe Tante Philippi«, sagt Laura. »Meine allerallerliebste Tante Philippi. Bitte laß mich doch. Die Tiger sind doch nur wie Katzen. Es sind klitzekleine, kuschelige Tigerkater.«
»Das ist mir einfach zuviel Verantwortung«, sagt Tante Philippi. »Einfach zuviel. Ja, wenn du deine Mutter vorher gefragt hättest. Aber so...«
Ponzl, die keine Ahnung hat, was ein Tiger überhaupt ist, weil sie noch nie in ihrem Leben einen gesehen hat, will unbedingt auch in den Zirkus gehen. Sie hat inzwischen ein neues Wort gelernt. Und dieses Wort heißt »ich«.
»Ich will in Zikkuß«, brüllt Ponzl. »Ich will Kater sehen.«
»O halt doch den Mund«, sagt Laura. Ponzl könnte ihr noch den ganzen Zirkus verderben.

»Laß doch die Kleine in Ruhe«, sagt Tante Philippi. »Schrei sie nicht so an. Sie hat dir nichts getan. Was kommst du auch mit diesem dummen Zirkus an.«
Laura versucht dann, Ponzl schonend beizubringen, daß ein Zirkus nichts für kleine Kinder ist, jedenfalls nichts für Unterzehnjährige.
»Es ist ganz schrecklich im Zirkus«, erklärt sie. »Da gibt es böse, böse Tiger. Tiger sind keine Kater. Es sind böse, böse Tiger.«
Ponzl kapiert überhaupt nichts. »Ich will in Zikkuß«, schreit sie. »Ich will böse, böse Tigerkater sehen. Ich will! Ich will!«
»Niemand sieht den bösen, bösen Tigerkater«, sagt Tante Philippi. »Schluß und aus und basta.«
»Laß mich doch«, sagt Laura. »Ich kann doch auf mich selber aufpassen. Ich werde dem Tiger schon nicht meine Hand ins Maul halten. Ich bin doch erwachsen.«
»Erwachsen?« sagt Tante Philippi. »Niemand in meiner Umgebung ist erwachsen.«
»Alle Leute über einen Meter vierzig sind erwachsen«, sagt Laura. »Sie können linksherum erwachsen sein oder rechtsherum. Sie können grün erwachsen sein oder rot oder schwarz. Sie können ein bißchen erwachsen sein oder sehr erwachsen erwachsen.«
»Wo hast denn du das alles her?« fragt Tante Philippi. »Diese Weisheiten.«
»Von dir«, sagt Laura. »So was hab ich von dir geerbt.«
»Da staun ich aber«, sagt Tante Philippi. »Wie geht denn das? Wir sind doch nicht miteinander verwandt.«
»Wir sind aber miteinander verpankelt«, sagt Laura.
»Aha«, sagt Tante Philippi. »Na gut. Wenn du also so sehr

erwachsen erwachsen bist, dann sollst du von mir aus gehen.«
Und dann sieht sie Laura streng an. »Wenn du aber zurückkommen solltest und ich merke, daß der Tiger dich gefressen hat, dann versohle ich dir noch obendrein und höchstpersönlich den Hintern. Haben wir uns verstanden?«
»Ja, Tantchen«, sagt Laura.
»Für dich bin ich immer noch Tante Philippi«, sagt Tante Philippi. »Tantchen! Wie sich das anhört. Da könnt ihr ja gleich Oma zu mir sagen.«
Ponzl meldet sich wieder mit der gleichen Leier. »Ich will aber in Zikkuß«, brüllt sie. »Ich will Tigerkater fressen.«
»Das fehlte mir noch«, sagt Tante Philippi. »Es reicht mir, daß der Tiger Laura fressen wird.«
»Ich will in Zikkuß«, schreit Ponzl und hört nicht mehr damit auf. »Ich will in Zikkuß.«
»Wir machen hier zu Hause Zikkuß«, sagt Tante Philippi. »Wart's nur ab, wir machen es uns schön gemütlich.«
Und dann muß Tante Philippi ihr Versprechen einlösen, damit Ponzl endlich Ruhe gibt. Sie spielt den Tigerkater und kriecht stöhnend auf dem Fußboden umher. Ponzl haut ihr immer auf den Hintern und brüllt »miau«.
Tante Philippi ist dann todmüde und will sich mit Ponzl auf ein Mittagsschläfchen hinlegen. Ponzl macht noch ein Mordsgeschrei, weil sie doch mit in den Zirkus will.
Laura denkt, das alles muß sie ihr doch heimzahlen können. Wenn nicht heute, dann vielleicht morgen oder wenn Ponzl über einen Meter vierzig groß ist. Spätestens aber, wenn sie beide Oma sind. Denn dann kann niemand mehr sagen, laß doch die Kleine in Ruhe.

Laura will schnell weg, weg, bevor Ponzl Tante Philippi so auf die Nerven geht, daß sie vielleicht noch alle zusammen zur Tierschau gehen.
Heulend und jammernd schläft Ponzl aber ein.
Tante Philippi muß sich erst ihr Bett auf der Liege bauen. Sie legt sich ein dickes Federkissen unter den Kopf, zwei gefaltete Decken unter den Hintern und eine Nackenrolle unter die Füße. Auf dieser Landschaft sieht Tante Philippi selber wie das Riesengebirge aus. Sie ist auch sofort eingeschlafen, atmet mit offenem Mund, laut schnarchend, röchelnd und mit rhythmischen Pfeiftönen.
Laura schleicht hinaus, schließt leise die Tür hinter sich.
Endlich einmal ist sie von Ponzl befreit.

Die Festwiese ist vollgestellt mit Wohnwagen, Käfigen und zwei großen Zelten. Dazwischen grasen die Ponys.
Die wilden Tiere sind in einem der großen Zelte untergebracht. Wer in die Tierschau will, muß also ins große Zelt hineingehen, und das kostet Geld.
Laura hat kein Geld, und so treibt sie sich an der Zeltöffnung herum, um wenigstens ein bißchen was vom Tiger zu sehen.
Der Tiger aber, wenn er überhaupt hier im Zelt wohnen sollte, ist wohl am anderen Ende untergebracht. Jedenfalls kann Laura keine Spur von ihm sehen.
Die Luft aber riecht nach allem, nach wilden Tieren und Heu und nach tausend wunderbaren Sachen, nach Freiheit und Reisen und der großen, weiten Welt.
Laura versucht, so auszusehen, daß der Zirkusmensch, der das Geld für die Tierschau kassiert, sie umsonst reinläßt, aber ihr gelingt nicht der richtige Gesichtsausdruck. Es hat keinen Zweck, weiter am Zelteingang herumzulungern, und so geht sie die Ponys begucken. Das darf man, ohne dafür zu bezahlen.
Die Ponys haben ein dreckiges Fell. Es staubt, wenn Laura ihnen auf das Hinterteil patscht.
In einer Ecke der Festwiese entdeckt Laura einige Zirkusleute beim Üben. Da gibt es einen Jongleur und einen Messerwerfer, und auf einem Trampolin springt ein Mann in einem rotweiß gestreiften Trikot einen Salto nach dem anderen.
Chrissy ist auch da. Balanciert auf einem Seil, das ziemlich dicht über dem Boden hängt.

RANI
ARANI

Ein paar Zuschauer haben sich eingefunden, drängen sich um die Gruppe der Zirkusleute.
Laura geht auch hinüber.
Vielleicht erkennt Chrissy sie. Vielleicht sagt sie, hallo, dich kenn ich doch, komm doch näher, willst du die Tierschau sehen, ich mach das schon, du brauchst kein Geld dafür, ich kenn dich doch.
Laura hat sich schon immer so eine Freundin gewünscht, nicht unbedingt jemanden vom Zirkus, aber vielleicht eine Bäckerstochter. Hallo, würde die dann sagen, komm doch rein, willst du ein Stückchen Kuchen, ich mach das schon, du brauchst kein Geld dafür.
So was denkt sich Laura manchmal aus. Sie denkt sich auch eine Tochter vom Kinobesitzer als Freundin aus und eine, die zur Metzgerei gehört, oder eine vom Getränkeladen.
Es gibt 'ne Menge Familien mit guten Sachen zum Geldverdienen. Eissalon wäre auch gut. Oder Kleiderladen.
Zirkus ist auch gut.
Chrissy hat die Arme ausgebreitet und balanciert vor und zurück. Sie macht ein sehr entschlossenes Gesicht, beißt sich auf die Lippen. Der schwarze Turnanzug, den sie anhat, ist so staubig wie die Hinterteile der Ponys.
Wenn sie doch mal hochgucken würde.
Wenn sie Laura erkennen würde.
Jetzt kommt ein ganzer Schwarm von Zirkuskindern auf den Platz zum Proben. Chrissy bricht ihre Übungen ab und reiht sich zwischen den Kindern ein. Die meisten sind kleiner als sie, und das jüngste ist sicher nicht viel älter als Ponzl.
Sie turnen nun das, was Laura im Sportunterricht in der Schule auch lernen sollte. Was sie alle versucht hatten zu ler-

nen. Diese Kinder aber sind perfekt. Sie schlagen Rad, vier-, fünfmal nacheinander. Sie können Salto vorwärts und rückwärts, und selbst die Purzelbäume, die das Kleine da auf dem Rasen vollführt, sind Meisterstücke.
Ein Mann gibt die ganze Zeit über Anweisungen. Er spricht mit leiser Stimme, ist aber unerbittlich, und die Kinder turnen so lange, bis sie schweißgebadet sind.
Auch der Trampolinspringer ist unermüdlich. Es sieht toll aus, wie er so leicht in die Luft segelt und herunterkommt, in allen möglichen Figuren, mit den Händen rudernd und auf Füßen oder Po landend.
Laura gefällt das sehr. Schade, daß sie nicht zu den Zirkusleuten gehört. Schade, daß die Mutter nicht zu den Zirkusleuten gehört. Vielleicht, wenn die Mutter den Trampolinspringer kennen würde, vielleicht, wenn sie mit ihm reden könnte und reden und reden, vielleicht würde er sie mitnehmen. Die Mutter und sie. Und möglicherweise auch Ponzl. Vielleicht mögen Zirkusmenschen Leute mit zwei Kindern. Eher vielleicht als Bürovorsteher.
Laura stellt sich das alles vor. Ja, Zirkusleute sind besser als Bäckersleute, und Zirkustöchter sind besser als Bäckerstöchter.
Jetzt verschnaufen die Kinder einen Moment. Chrissy blickt endlich auf, sieht Laura und sieht über sie hinweg. Sieht auf den Mann, und der nickt, und das hat was zu bedeuten.
Chrissy geht zu einem Wohnwagen, kommt mit einer Blechbüchse zurück und läuft mit der ausgestreckten Dose zwischen den zuschauenden Menschen reihum.
Viele Leute wenden sich zum Gehen. Manche lachen verlegen, zucken mit den Schultern. Da ist Chrissy unnachgiebig,

drückt den Leuten die Dose bis dicht vor den Bauch. Einige kramen schließlich nach ein paar Münzen. Es scheppert in der Büchse.
Chrissy kommt auch zu Laura. Laura hat kein Geld. Sieht Chrissy an und will sagen, hallo, wir kennen uns. Aber sie kriegt kein Wort heraus.
Chrissy sieht Laura an. Mit ziemlich ausdruckslosen Augen. Laura hat nicht gewußt, daß jemand so blasse Augen haben kann.
Chrissy sagt auch nichts. Sagt nicht, hallo, dich kenn ich doch, willst du die Tierschau sehen, ich mach das schon, ich kenn dich doch.
Chrissy sieht aus, als ob sie niemanden erkennen würde. Nicht mit diesen seltsam blassen Augen.
Sie drückt Laura die Dose gegen die Brust und noch einmal, als Laura sich nicht rührt. Schließlich kann Laura sich losreißen, geht einfach ein paar Schritte zurück und noch ein paar. Chrissy ist längst zum nächsten gelaufen, hat aber nicht viel Glück. Die Menge verläuft sich, und der Platz wird leerer.
Laura dreht sich um und drückt sich an den Ponys vorbei auf die Straße.
Trampolinspringer sind eigentlich auch nicht das Wahre. Zirkustöchter auch nicht.
Und trotzdem, trotzdem hat Laura dieses Gefühl in sich, was sie schon heute morgen in der Schule hatte, als sie Chrissy sah. Dieses Gefühl der Verwandtschaft mit ihr, einer gewissen Ähnlichkeit.
Und gerade weil sie so fühlt, macht sich ein anderes Gefühl in ihr breit. Eine riesenriesengroße Enttäuschung.
Fast wäre es besser, von einem Tiger gefressen zu werden.

Laura hätte nicht viel vom Zirkus erzählen können, und zum Glück schneidet Tante Philippi das Thema auch nicht an. Das Theater mit Ponzl hätte vielleicht noch einmal angefangen.
Die Mutter sieht abends abgeschlagen und müde aus, als sie die Kinder abholt. Sie scheint mit ihren Gedanken weit weg zu sein oder noch im Büro. Nicht einmal in das Gezanke von Laura und Ponzl mischt sie sich ein.
Man kann sich mit Ponzl schon ganz gut zanken. Man kann sich mit ihr auch schon ganz gut kloppen, aber da sich an einer bestimmten Stelle der Zankerei immer irgendein Erwachsener einmischt, die Mutter oder Tante Philippi, zieht Laura jedesmal den kürzeren. Immer, aber auch immer soll sie schuld an allem sein.
»Ich will mehr Tee«, brüllt Ponzl. »Gib mir noch, Wauwau, gib mir, gib mir.«
Warum kann Ponzl nicht wie ein normaler Mensch sprechen. Warum muß sie immer schreien oder maulen oder jammern oder kreischen.
Ponzl haut mit der flachen Hand auf ihren Teller, auf dem noch Reste vom Leberwurstbrot liegen. »Gib mir, Wauwau, gib mir.«
Laura ist wütend. Auf Ponzl und auf alles. Auf die ganze Welt.
Warum gibt die Mutter Ponzl nicht den Tee. Warum starrt die Mutter auf den Tisch und tut so, als ob sie nichts hört und nichts sieht.

»Wauwau, Wauwau«, schreit Ponzl.
Es ist nicht zum Aushalten. Nicht um alles in der Welt würde Laura sich noch einmal eine kleine Schwester wünschen. Lieber einen großen Bruder.
Laura gießt Ponzl Tee ein. Damit endlich Ruhe ist.
Ponzl greift nach der Tasse, stößt sie um. Der Tee ergießt sich über den ganzen Tisch, fließt bis zum Rand und hinunter. Auch die Rundfunkzeitung ist quatschnaß geworden.
Die Mutter kommt etwas zu sich. »Laura«, sagt sie. »Wisch doch mal auf.«
Na klar. Laura, wisch doch mal auf. Laura, wisch ihr den Mund ab. Laura, räum ihre Sachen weg. Laura, Laura, Laura.
Laura hat die Nase voll. »Das macht die doch extra«, heult sie. »Das hat die doch extra gemacht.«
»Was redest du da«, sagt die Mutter. »Was bist du so böse. Jetzt gehst du und wischt das Zeug weg. Daß ihr nicht Ruhe geben könnt. Und alles auf meinem Kopf. Ihr trampelt auf mir herum. Du nimmst mir auch gar nichts ab. So ein großes Mädchen wie du. Fast erwachsen. Daß du dich nicht schämst.«
Das ist doch immer dieselbe Leier, denkt Laura. Und wann hört das endlich auf? Nie, solange es Ponzl gibt.
Die Mutter tut gerade so, als ob Ponzl Lauras Kind wäre. Aber Laura hat damit nichts zu tun. Gar nichts. Überhaupt nichts.
Laura wischt mit einem Handtuch über den Tisch und die Rundfunkzeitung. Ponzl will auch wischen und schmiert die Leberwurst auf dem Tisch herum.
Die Mutter sagt gar nichts.

Laura könnte Ponzl eine knallen.
Eines Tages, eines Tages tut sie es, wenn sie beide mal alleine sind und niemand in der Nähe ist. Nicht nur so'n kleinen Klaps mit gebremster Kraft, wie sie das schon manchmal macht. Nein. Sie wird Ponzl eine richtige Ohrfeige verpas-

sen. Eine mit Anlauf und Aufschwung. Eine, die sich gewaschen hat.
Laura kniet nieder und legt das Handtuch auf die Pfütze am Boden. Ponzl greift Laura ins Haar. Mit ihren nassen Leberwurstfingern.
Da haut Laura ihr eins auf die Pfoten. Es kann noch nicht einmal weh getan haben. Es hat Ponzl auch nichts ausgemacht. Sie guckt nur ein bißchen doof aus der Wäsche. Schaut auf ihre Hand, als ob da was wäre. Sieht Laura an mit großen, dummen Augen.
Die Mutter knallt Laura eine. Mitten auf die Backe. Sagt nichts und haut nur zu.
Es tut weh.
Laura sieht die Mutter an. Sagt auch nichts. Aber gerade jetzt könnte sie der Mutter auch eine knallen.
In diesem Moment fängt Ponzl an zu weinen. Herrgott, die hat doch keinen Grund. Verzieht aber das Gesicht zu einer fürchterlichen Grimasse. Schiebt die Unterlippe vor, daß sie mordslang wird, und kneift die Augen zusammen. Und dann heult sie los wie ein Schloßhund.
Die Mutter nimmt Ponzl auf den Arm und tätschelt ihr den Rücken. Ponzl heult nur noch mehr.
»Sei so gut und räum den Tisch ab«, sagt die Mutter zu Laura. »Bitte. Ich will mich nicht mit euch rumzanken müssen. Mir reicht's.«
Laura reicht's auch.
Während sie den Tisch abräumt, bringt die Mutter Ponzl ins Bett.
Und dann sitzen sie da. Die Mutter sieht aus dem Fenster oder tut nur so. Laura studiert die Rundfunkzeitung.

Hm.
Sie können ja nicht ewig sauer aufeinander sein. Das hält Laura nicht aus.
Lieber erzählt sie der Mutter eine Geschichte, die vielleicht nicht wahr ist, aber gut wahr sein könnte.
Die Mutter hört zu und hört doch nicht zu.
Die Mutter erzählt dann auf einmal auch eine Geschichte, und so werden es zwei Geschichten, die sie beide aneinander vorbei erzählen.
»Also heute«, sagt Laura, »heute habe ich es endlich getan. Was ich schon immer tun wollte.«
»Hm«, sagt die Mutter.
»Das war so«, fährt Laura fort, »daß ich an der Ampel stand und die Autofahrer beguckte. Da war nämlich rot bei mir und bei den Autofahrern auch.«
»Jaja«, sagt die Mutter.
»Ich hab mir einen von ihnen ausgesucht«, sagt Laura. »Und dann habe ich es einfach getan.«
Sie wartet darauf, daß die Mutter fragt, was sie denn getan hat, denn es gehört zu einer guten Geschichte, daß man sie spannend macht.
»Bei mir war auch einiges los«, sagt die Mutter.
»Ich habe dem einen einfach die Zunge rausgestreckt«, sagt Laura. »Himmel, hat der geguckt.«
»Es ist nämlich so«, sagt die Mutter, »daß wir entschieden haben umzuziehen.«
»Und es war so ein dicker Geschäftsmann«, sagt Laura.
»Ach was«, sagt die Mutter. »Nicht wir haben entschieden. Die haben entschieden.«
»Und das wollte ich schon immer mal machen«, sagt Laura.

»Nur um zu sehen, was passiert.«
»Das heißt, daß das ganze Büro umzieht«, sagt die Mutter. »Daß es verlegt wird in die nächstgrößere Stadt. Und was das heißt, das brauch ich dir wohl nicht zu sagen.«
»Nein«, sagt Laura, »was hab ich gelacht. Ich hätt mich glatt vor Lachen auskugeln können.«
»Und das heißt«, sagt die Mutter, »daß die einfach mit dem Büro umziehen ohne Rücksicht auf die Leute. Daß die zusehen können, wo sie bleiben.«
»Und das Gesicht hättest du mal sehen sollen«, sagt Laura. »Wie ein Auto hat der geguckt.« Und sie sieht den Mann genau vor sich, die erschrockenen Augen, ja, entgeistert hat der geguckt, jawohl, das ist der richtige Ausdruck. Haha, da muß Laura nun aber wirklich loslachen.
»Laura!« ruft die Mutter nun ziemlich laut. »Laura! Hörst du mir überhaupt zu?«
Laura nickt. Aber mitgekriegt hat sie eigentlich nicht viel von dem, was die Mutter da sagte. Weil sie ja an dieser Ampel gestanden hat, die war rot gewesen, und da hat dieser Mann im Auto gesessen, der dicke Geschäftsmann, Himmel, hat der vielleicht geguckt.
Die Mutter erzählt nun ihre Geschichte noch einmal, von vorne bis hinten. Und Lauras Geschichte geht einfach verloren. Schade.
Die Mutter aber sieht ziemlich fix und fertig aus. Wenn man genau hinsieht.
Laura sieht jetzt genau hin. Und dann soll die Geschichte auf einmal keine Geschichte mehr sein, sondern richtig wahr. Wahre Geschichten sind oft keine schönen Geschichten.
»Ja, und was soll ich jetzt machen«, sagt die Mutter. »So

schnell werde ich keine neue Arbeit finden, oder wir müssen auch in die große Stadt. Was für ein Umstand. Und was ist mit euch Kindern. Und Tante Philippi. Und was, um Himmels willen, soll ich denn jetzt machen?«

Laura sieht die Mutter an und kann nichts dazu sagen. Warum denn, o verdammt noch mal, hat die Mutter auch niemanden, mit dem sie mal reden könnte und reden und reden.

Laura kann nicht mit der Mutter reden. Ihr fällt nichts ein. Wahre Geschichten sind ihr einfach zu groß.

Sie steht auf und geht zur Mutter, die immer noch am Fenster sitzt. Sie hockt sich auf ihren Schoß und versucht, ihre Arme um die Mutter zu legen. Dann schauen sie beide aus dem Fenster oder tun nur so.

Die Mutter fängt an, ein bißchen hin und her zu schaukeln. Laura schaukelt mit. Reden, denkt sie, kann ich nicht gut, aber im Trösten, ja, da bin ich ganz gut.

Der Zirkus bleibt vier Tage in der Stadt, und vier Tage lang sitzt Chrissy in derselben Klasse wie Laura.
Immer noch hat Laura dieses Gefühl der Enttäuschung in sich, und immer noch muß sie Chrissy ansehen. Ein bißchen von der Seite und ein bißchen von hinten. Und irgendwie schämt sie sich, daß sie immer hinschauen muß zu Chrissy. Warum das so ist, weiß Laura nicht. Und nach vier Tagen ist sowieso alles vorbei. Eine klitzekleine Erinnerung nur.
Alles ist jetzt durcheinandergeraten, und alles ist nicht mehr so, wie es die ganze Zeit lang gewesen ist. Laura hat die Tage schon sehr langweilig gefunden. Besonders, daß sie ständig mit Ponzl zusammensein mußte, ist unerträglich gewesen. Trotzdem. Laura hat die ganze Zeit gewußt, was heute los sein würde. Und morgen. Und übermorgen.
Und auf einmal hat die Mutter diese Geschichte erzählt. Diese Geschichte von dem blöden Büro, das umziehen will. Und Laura weiß nicht mehr, was morgen sein wird. Ach, morgen schon. Aber übermorgen. Und überübermorgen.
Laura hat auch gedacht, daß Tante Philippi auf Knien liegen würde. *Bitte, geht nicht weg, bitte, bleibt hier.* Aber Tante Philippi benimmt sich ganz anders.
»Und? Meine liebe Mutter«, sagt sie. »Und? Wie hast du denn entschieden?«
»Ja«, sagt die Mutter ein wenig ratlos. »Ich weiß nicht. Das ist mir alles zu kompliziert.«
»Ja du liebe Zeit«, sagt Tante Philippi. »Das Leben ist nun mal kompliziert. Trotzdem mußt du entscheiden, was du

machen willst. Was erwartest du denn? Soll ich das vielleicht für dich entscheiden?«

Die Mutter zuckt mit den Schultern. »Ich weiß nicht«, sagt sie.

»Ich weiß schon«, sagt Tante Philippi. »So viel weiß ich, daß das Leben immer weitergeht. Aber wie, das mußt du schon entscheiden.«

»Wenn ich nur wüßte, was kommt«, sagt die Mutter. »Ob ich hier Arbeit finde. Dann bleibe ich. Klar doch. Wie soll ich denn ohne dich zurechtkommen, Tante Philippi?«

»Wie?« fragt Tante Philippi. »Wie? Du mußt einfach. Ich könnte morgen tot umfallen. Sagen wir mal. Oder mir heute noch beide Beine brechen. Sagen wir mal. Und was dann? Meine liebe Mutter. Du solltest dir schon ein paar Was-kommt-dann-Gedanken machen. Wirklich, das solltest du.«

»Hach«, sagt die Mutter. »Es ist so schwierig, sich zu entscheiden. Eine neue Wohnung suchen. Und was mach ich mit den Kindern? Wie ich mich bloß entscheiden soll.«

»Du konntest dich schon zweimal richtig entscheiden«, sagt Tante Philippi. »Und zwar für ganz gute Sachen. Einmal für Laura und einmal für die Kleine. Das, sag ich dir, waren schwere Entscheidungen. Aber jetzt, Mutter, das ist doch ein Klacks dagegen. Neue Wohnung. Neue Stadt. Ist doch ein Klacks dagegen.«

»Wenn du das meinst«, sagt die Mutter.

»Und vielleicht, wenn du dich mal anstrengst, wirst du noch selber Bürovorsteher«, sagt Tante Philippi. »Jawohl. Könnte sein. Muß nicht sein. Mach dir mal ein paar Möchte-gern-Gedanken. Oder denk dir eine Wünsch-ich-mir-Geschichte aus.«

»Hach«, sagt die Mutter. »Hach. Das ist doch aber alles nicht so einfach.«
»Hat ja auch keiner gesagt«, sagt Tante Philippi.
Laura ist schwer enttäuscht von Tante Philippi. Nichts von *Bitte, bitte, bleibt bei mir.*
»Schöne Tante bist du«, sagt Laura. »Willst uns einfach loswerden. Schöne Tante.«
»Ich mein«, sagt Tante Philippi, »ihr könnt ruhig hierbleiben. Von mir aus. Sehr gern sogar. Dann hab ich euch drei den ganzen Tag um mich. Die Mama hat dann ja nichts zu tun, und wir spielen alle vier Monopoly, morgens und abends und mittags und nachts. Drei Jahre lang, fünf Jahre lang, bis an unser Lebensende. Hei, das wird fein. So hab ich mir das schon immer gewünscht.«
»Mensch, Tante Philippi, wie du das immer siehst«, sagt die Mutter. »Aber vielleicht hast du recht.«
»Ich hab immer recht«, sagt Tante Philippi.
»Ich will's mal probieren«, sagt die Mutter. »Aber nur ein bißchen. Ich schau mich mal in der Stadt um. Ob's da überhaupt Wohnungen gibt. Und was mach ich mit den Kindern? Und überhaupt, es wird nichts klappen. Das weiß ich jetzt schon.«
»Toll«, sagt Tante Philippi. »Tolle Einstellung ist das. Was du nicht jetzt schon alles weißt. Du bist wirklich schlauer als ich.«
»Ich mein ja nur«, sagt die Mutter. »Und was willst du dann machen? So alleine. Ich mein, ich laß dich auch nicht gern allein.«
»Ich hab in meinem Leben schon genug Leute verhaftet«, sagt Tante Philippi. »Möglicherweise hab ich mal die Nase

voll davon. Ich könnte also beispielsweise machen, was ich schon immer machen wollte. Also beispielsweise könnte ich meinen Führerschein machen und zum Äquator fahren. Oder wie 'ne richtige Oma leben. Kinder nur zum Sonntagnachmittagsapfelkuchen. Wie sich das für 'ne anständige alte Frau gehört. Ach, ich wüßt schon tausend Sachen. Macht euch mal um mich keine Sorgen. Ich fahr vielleicht an den Titisee.«

Und dann schiebt Tante Philippi alle hinaus. Und sie drückt die Mutter fest an ihren Busen und Laura auch und Ponzl, so fest, als ob heute so was wie ein Abschied wäre.

Laura ist mordskomisch zumute.

Die Mutter fängt an, sich in der Stadt umzuschauen. Nicht in ihrer o verdammt kleinen Stadt. Nein, in einer viel größeren Stadt, in die nur der Bus oder ein Zug fährt.
»Hätten wir ein Auto, wäre die Sache leichter«, sagt die Mutter. »Aber wir haben kein Auto. Kein Nichts und kein Garnichts.«
Zunächst einmal sieht die Mutter unendlich viele Zeitungen durch. Streicht die Wohnungsanzeigen an und telefoniert. Es erinnert Laura an die Zeit, als sie den Kinderwagen für Ponzl suchten. Aber es scheint, als wäre die Kinderwagensuche ein Klacks gewesen gegen das hier.
Einen Nachmittag nimmt die Mutter sich frei, und sie fahren alle in diese neue Stadt. Es ist eine o verdammt große Stadt, eher noch eine o verdammt, verdammt große Stadt.
Die Mutter versucht, für Laura und Ponzl einen Platz zu finden, wo sie bleiben können, so, wie sie jetzt bei Tante Philippi untergebracht sind. Aber in so einer großen Stadt kann man keine neue Tante Philippi finden. Laura wünscht sich, daß sie niemanden finden werden.
Die Mutter hatte von zu Hause angerufen und sich angemeldet, und so gehen sie jetzt in ein großes Haus mit vielen Treppen und langen Gängen, und die Mutter sagt: »Das ist so was wie ein Kindergarten« und lacht dazu. Aber Laura sieht, daß der Mutter gar nicht zum Lachen zumute ist.
Laura denkt, was soll sie in einem Kindergarten, sie ist ja viel zu groß dafür, und was soll Ponzl in einem Kindergarten, die ist ja erst zwei Jahre alt.

Aber innendrin in dem Haus sehen sie, daß da alle Leute der Welt untergebracht sind, die Unterdreijährigen und die Übersechsjährigen und die Überzehnjährigen. Und ein paar Erwachsene laufen auch dazwischen herum.
»Ja«, sagt die Frau, die sich Leiterin nennt, »die Kleinen haben wir unten untergebracht. Es sind kleine Gruppen, weil man sich da mehr kümmern muß. Aber das geht in Ordnung mit ihr.« Und sie sieht Ponzl an mit einem kurzen Grinsen.
»Und die Große«, sagt die Frau, die sich Leiterin nennt, »bringen wir hier oben unter, aber höchstens noch für zwei Jahre, länger geht das nicht.« Und sie sieht Laura an mit demselben kurzen Grinsen, das Laura nicht mag. Ihr rutscht alles in die Hose, das Herz und die Seele und alles, was es noch in ihr gibt.
Die Mutter versucht auch so ein halbes Grinsen und streicht Laura über das Haar. »Wie schön«, sagt sie. »Und so groß ist die Laura ja auch noch nicht, und wie schön, daß ich sie gut untergebracht weiß.« Und: »Na«, sagt sie dann besonders munter, »na, was sagt ihr denn dazu, es ist doch wunderbar, daß es so klappt, und wir sind auch sehr dankbar und freuen uns sehr, aber wirklich.«
Laura haßt ihre Mutter.
»Ich sage Ihnen noch Bescheid«, sagt die Mutter. »Ich weiß noch nicht, ob es mit einer Wohnung klappt und überhaupt... Aber ich sage Ihnen noch Bescheid.«
Laura hält die Daumen, den rechten und den linken, daß es nicht mit einer Wohnung klappt.
Sie dürfen dann noch in die Gruppen hineinschauen. Gruppen nennen sie hier die Räume, in denen sich diese armen, armen Kinder aufhalten, und Laura will nie in ihrem Leben

zu denen gehören. Wenn sie das alles schon sieht, wird ihr schlecht.
Die Kinder sitzen zusammen und lachen wie alberne Gänse. Es erinnert Laura an die Schule und besonders an die schrecklichen Pausen, und das hier, das hier ist eine unendliche Pause.
O diese verdammt, verdammt große Stadt.
Ponzl aber schaut mit dummen Augen in die Zimmer hinein. Hat vor lauter Verlegenheit den Daumen im Mund und möchte im Kleid der Mutter verschwinden. Die Mutter lacht darüber und ein paar der Erwachsenen auch.
Laura aber ist zum Heulen zumute. So hilflos, so abgeschoben und so grenzenlos einsam wie in diesem Trubel war sie sich noch nie vorgekommen. Und sie wünscht sich, ganz schnell erwachsen zu werden, noch erwachsener als die Mutter, so richtig erwachsen erwachsen.

Leider hat Laura die Daumen nicht richtig gedrückt. Eines Abends will die Mutter noch einmal in diese verdammt, verdammt große Stadt, um sich eine passende Wohnung anzusehen.
»Es scheint zu klappen«, sagt sie. »Mein Himmel, mit was für Umständen das alles verbunden ist. Und diese Fahrerei, eine Stunde hin und eine zurück. Laura, Schätzchen, kannst du mal einen Abend auf deine Schwester aufpassen?«
Es wird Laura ja nichts anderes übrigbleiben.
»Leg die Kleine pünktlich ins Bett«, sagt die Mutter. »Lies ihr eine Geschichte vor, und gib ihr noch zu trinken, wenn sie will. Du kannst auf mich warten. Dann hab ich noch jemanden zum Reden, wenn ich wiederkomme.«
So einfach ist das nicht, Ponzl pünktlich ins Bett zu bekommen. Und trinken will sie tausendmal. »Ich hab Durst, Wauwau, Durst«,sagt sie und brüllt, und Laura gibt ihr, soviel sie will. Wenn sie nur still wird.
Ponzl liegt im Bett und ruft nach der Mutter, und Laura möchte am liebsten auch rufen. Sie würde ebenfalls nicht einschlafen können an Ponzls Stelle.
Das Geschrei ist aber nicht auszuhalten, und Laura setzt sich auf den Stuhl neben Ponzls Bett. »Halt doch mal den Mund«, sagt sie, »dann erzähl ich dir auch eine Geschichte.«
Da ist Ponzl still, kuschelt sich ins Bett und guckt Laura mit zusammengekniffenen Augen an.
»Es war einmal ein Haifisch«, sagt Laura und denkt sich die ganze Geschichte aus, wie der Haifisch kommt und die Men-

schen fressen will und wie die Leute ihn umbringen wollen und wie der Haifisch aber stärker ist, ha.
»Und dann schwamm er zurück ins Meer und kam nie mehr wieder«, sagt sie.
Ponzl ist ein bißchen unruhig geworden, weil Laura die ganze Sache ja nicht laut erzählen kann. Eine Geschichte erfinden ist das Einfachste auf der ganzen Welt, aber die Gedanken sind immer schneller als man selber, sie laufen davon, und man muß sich schon sehr beeilen, daß man mitkommt. Und so kann man die Geschichte nicht gleichzeitig erzählen.
Bei Laura werden die Geschichten also immer zu Anfang-und-Ende-Geschichten, die eigentlich sehr spannend sind, aber für jemanden wie Ponzl sind sie sehr schwer zu kapieren.
»Ich will eine Geschichte«, jammert Ponzl. »Wauwau, erzähl mir doch eine Geschichte.«
Laura erzählt nun lauter Anfang-und-Ende-Geschichten. Sie muß immer schneller reden, weil Ponzl still ist, wenn nur jemand redet. Und sie muß immer schneller denken, damit das Ende bald nach dem Anfang kommt und Ponzl schnell einschläft und Laura endlich Ruhe hat.
»Es war einmal ein Mann«, sagt Laura und denkt sich die Geschichte aus von dem Mann, der eines Tages die Stadt verließ, um sein Glück zu suchen, was er aber erst nach vielen Abenteuern fand, als er schon alt und grau war und eine Menge Enkelkinder hatte. »Und dann kehrte er zurück nach Hause und war froh, daß er sein Glück gefunden hatte.«
Und dann geht es gleich weiter. »Eines Tages klopfte ein blaues Männchen an die Zimmertür.« Und das ist die

Geschichte von dem kleinen Kobold, der braven Kindern nur Ärger machte, weil er immer ihre Tinte fraß und sie dann verkleckerte und so weiter und so weiter. »Und dann sperrten sie ihn mit vereinten Kräften in den Kleiderschrank auf dem Dachboden.«

Es folgt »Als die Sonne einmal nicht mehr aufging« und »Da waren alle Menschen hocherfreut« und danach »Das Krokodil hatte eines Tages Appetit auf Heckenrosen« und »Lieber ließ es sich ins Wasser zurückgleiten«.

Danach ist Laura sehr müde, aber Ponzl noch gar nicht, und Laura erzählt noch die Geschichte vom bösen kleinen Mädchen und ihrer lieben großen Schwester.

Und dann, dann ist Laura alles egal und die Mutter immer noch nicht da, und Laura gibt Ponzl ihr altes Postspiel, damit sie endlich Ruhe hat.

Laura geht ins Wohnzimmer, und Ponzl ist wirklich still, raschelt etwas mit Briefpapier und Umschlägen und scheint schließlich eingeschlafen zu sein.

Laura schleicht auf Zehenspitzen heran. Wirklich, Ponzl schläft, aber das Chaos um sie herum ist unbeschreiblich. Das Schlimmste aber ist die blaue Stempelfarbe, die Ponzl überall hingeschmiert hat, auf das Bettgestell und aufs Gesicht.

Eigentlich, eigentlich ist die ganze Ponzl blau. Jedenfalls alles, was man von ihr sehen kann.

Die Mutter würde einen Schrecken bekommen.

Laura holt Ponzls Waschlappen. Quatschnaß und mit Seife drauf. Patscht ihn auf Ponzls Gesicht.

Ponzl wacht heulend auf, aber Laura gibt keine Ruh. Sie kann kein Wort sagen vor lauter Wut, aber sie reibt mit dem

Lappen, so kräftig sie kann. Nur, die Farbe geht nicht weg. Dann schleppt sie Ponzl ins Badezimmer und versucht es mit Scheuersand, daß die Haut unter der blauen Farbe ganz rot anläuft, ja, das kann Laura genau sehen.
Ponzl jammert leise vor sich hin, und es hat alles sowieso keinen Zweck. Laura räumt die Sachen vom Bett. Ja, vom Bettgestell kann man die Stempelfarbe entfernen. Nur der Waschlappen wird ein bißchen blau, ein ganz schönes bißchen.
Wenn nur die Mutter das alles nicht sähe.
Es ist noch etwas hell im Zimmer. Die Mutter würde auf Anhieb sehen, was mit Ponzl los ist, daß sie nämlich für immer und ewig ein blaues Männchen bleibt, und mehr, als heute schon los war, kann Laura nicht ertragen.
Sie wühlt ein bißchen in den Schubladen, um was Passendes zu finden, hinter dem man Ponzl einigermaßen verstecken könnte. Für Ponzls Gesicht findet sie nichts, aber aus ihrer Handschuhschublade, in der außerdem die alten Kniestrümpfe und zu kleinen Unterhosen aufbewahrt sind, nimmt sie ein Paar Strickhandschuhe und zieht sie Ponzl über die Pfoten.
Als die Mutter endlich kommt, ist es so dunkel geworden, daß man gar nichts mehr erkennen kann. Weder die Stempelfarbe und die Handschuhe noch das ganze blaue Männchen, und das große Theater, das Laura befürchtet, ist wenigstens auf morgen verschoben.
Die Mutter sieht einigermaßen erleichtert aus. Es scheint mit der Wohnung zu klappen. Sie sitzt nun im Wohnzimmer Laura gegenüber und redet und redet, und schließlich, ganz am Ende dieser Geschichte, steht Laura auf und fährt der

Mutter mit beiden Händen durch das Haar, daß es fast wie die fürstliche Löwenfrisur aussieht.
»Ach Schätzchen«, sagt die Mutter. »Laß doch.« Dann drückt sie Laura an sich. »Bin ich froh, daß du so gut auf die Kleine aufpassen kannst«, sagt sie. »Ach, ich bin richtig froh.«
Na ja.

Ponzl bleibt nicht ewig ein blaues Männchen, aber ein paar Tage schon. Die Mutter probiert selbst noch einmal den Scheuersand aus und Tante Philippi eine besondere Teemischung. Das alles aber gibt Ponzl eine zusätzliche Farbe. Irgendwie braun.
Schließlich geht die Mutter zur Apotheke und läßt sich ein paar Flüssigkeiten geben. Es hilft nicht sehr viel. Jeden Tag ein bißchen. Mit der Zeit aber kehrt die alte Ponzl zurück mit derselben Geschwindigkeit, wie das blaue Männchen verschwindet.
Als alles wieder in Ordnung ist und die Mutter Laura die Geschichte mit der Stempelfarbe fast vergeben hat, beschließt Tante Philippi, eine Abschiedsparty zu geben, nur für sie vier.
Laura will eigentlich nicht glauben, daß sie wirklich bald wegziehen werden, aber die Mutter sagt, doch, das stimmt, und im Büro packen sie auch schon langsam die Kisten.
Die Mutter ist wie verwandelt, nachdem sie die Entscheidung getroffen hat.
»Wäre die blöde Tante Philippi nicht«, sagt Laura, »hätten wir ewig hierbleiben können. Sie hat gewollt, daß wir fortgehen. Eigentlich. Oder nicht? Oder doch. Schöne Verpankelei ist das. Sie hat nur so getan, als ob.«
»Laß mir mal die Tante Philippi in Ruh«, sagt die Mutter. »Ich glaub, sie hat verdammt noch mal recht. Sie ist, wenn man genau hinguckt, wie eine Mutter zu mir. Eine komische Mutter. Aber eine gute Mutter.«

»Sie war ganz schön bös zu uns«, sagt Laura. »Sagt, sie will lieber zum Äquator oder zur Hölle oder sonstwohin. Zum Titisee. Von mir aus kann sie auch zum Poposee.«
»Jetzt reicht's aber«, sagt die Mutter.
»Und außerdem«, sagt Laura, »ich geh da nicht hin, wo du mich hinstecken willst. In so ein bescheuertes graues Haus. Daß du mich einfach abgeben willst!«
»Ich geb dich doch nicht ab«, sagt die Mutter. »Es ist eine Kindertagesstätte. Und grau oder nicht grau! Dieses Haus hier ist auch nicht das schönste. Außerdem ist die Kleine dann ja im selben Haus.«
»Ja«, sagt Laura. »Deine liebe, kleine Ponzl. Deine Lieblingstochter.«
»Jetzt hältst du aber den Mund«, sagt die Mutter. »Auf der Stelle.«
»Kannst mich ja gleich in ein Kinderheim stecken«, sagt Laura.
»Ja, das tu ich auch bald«, sagt die Mutter.
Ha!
Jedenfalls nehmen alle Dinge ihren Lauf. Die Mutter packt schon die ersten Sachen in Kartons, und Tante Philippi bereitet ihre Party vor.
Schon lange vorher backt sie runde und herzförmige Butterkekse, aber es sind keine normalen Kekse, sondern sehr besondere. Tante Philippi bekommt sie nämlich überhaupt nicht vom Blech. Sie stecken wie mit Superkleber fest am Backblech. Tante Philippi entscheidet, daß es sich bei dem Blech um ein Kunstwerk handelt, und nagelt es an die Küchenwand.
Als das Bild hängt, findet Tante Philippi es wunderschön. Sie

beschließt, ihre ganze Wohnung für die Party zu verschönern, und kauft zwei Päckchen Luftschlangen.
Laura und Ponzl dürfen die Luftschlangen auspusten. Tante Philippi hängt sie auf, reckt und streckt sich, weil Papierschlangen ja immer irgendwo hoch oben hingehängt werden müssen.
Abwechselnd steigt Tante Philippi auf einen Stuhl und dann wieder herab und befestigt so die Schlangen an der Lampe und am Fenstergriff und dann wieder an der Hängeampel.
Am Schluß sind alle drei ziemlich aus der Puste. Laura und Ponzl vom Luftschlangenblasen und Tante Philippi von ihrer Bergsteigerei.
Aber es hat einen irrsinnigen Spaß gemacht, und Laura vergibt Tante Philippi eine ganze Menge, was die in der letzten Zeit gesagt hat, das mit dem Titisee und so. Im Ernst, Laura glaubt in Wirklichkeit Tante Philippi nicht alles. Daß sie zum Äquator will zum Beispiel, also das glaubt Laura nun ganz und gar nicht.
Das Zimmer jedenfalls, Tante Philippis Wohnzimmer, sieht toll aus. Wie ein Urwald. Wie ein Luftschlangenurwald.
Auch die Mutter sieht zur Abschiedsparty toll aus. Sie trägt ihre fürstliche Löwenfrisur, und Laura hat fast schon Angst, daß die Mutter sich für was anderes zurechtgemacht hat. Aber nein. Einzig und allein für Tante Philippis Abschiedsparty.
Leider hat Tante Philippi nach der Geschichte mit dem Plätzchenkunstwerk das Backen aufgegeben. So gibt es nur fürchterlichen Bäckerkuchen, der im Hals steckenbleibt und außerdem unheimlich krümelt.
Die Mutter und Tante Philippi erzählen sich so eine langwei-

lige Was-wirst-du-ohne-mich-machen-Geschichte. Die meisten Pläne kann Tante Philippi schmieden. »Ich denke, ich werde Gitarre spielen lernen«, sagt sie. »Ich hab ja alle Zeit der Welt für mich allein.«

Gitarre spielen lernen hört sich ja noch schlimmer an als zum Äquator fahren.

Laura sieht Tante Philippi an. Und dann die Mutter. Wenn Erwachsene Pläne machen, hält man das nicht aus. Man weiß ja, was daraus wird. Eigentlich nichts Gutes.

So möchte Laura nicht werden. So erwachsen. Höchstens vielleicht, daß sie noch ein bißchen größer wird und ein bißchen berühmt und ein bißchen schön und ein bißchen reich. Aber so richtig erwachsen erwachsen... nein, danke.

Ponzl ist längst vom Tisch aufgestanden und krümelt den Kuchen im ganzen Wohnzimmer herum. Laura steht nun auch auf und fängt an, die Luftschlangen herunterzuziehen. Das macht mehr Spaß, als langweiligen Gesprächen zuzuhören. Man weiß nie, was beim Luftschlangenziehen alles mit herunterfällt.

Ponzl hat sich ein wenig an Laura gedrängt. Wahrscheinlich findet sie Erwachsenengespräche auch unerträglich. Sie legt ihre kleine Hand in Lauras. Es fühlt sich fast an wie eine Hundepfote.

Ponzl drückt Lauras Hand ganz fest, und Laura fühlt, wie schwitzig Ponzls Hand ist. Sie sieht auf Ponzl hinab, und irgendwie erinnert Ponzl Laura an Chrissy vom Zirkus Sarani. Sie weiß nicht, was es ist, aber sie fühlt sich auf einmal sehr verwandt mit Ponzl. Nicht, weil Ponzl ihre Schwester ist. Nein, es ist eher wegen dieser verdammten Einsamkeit, die auch Ponzl aus den Augen schaut, und Laura denkt,

jetzt sind wir schon drei auf der Welt. Auch wenn sie den Gedanken nicht besonders mag.
Ponzl zieht an ihrer Hand. Laura sieht die Schwester noch genauer an, und es ist, als ob sie die ganze Zeit über nicht richtig hingesehen hätte. Das Gesicht sieht eigentlich gar nicht aus wie Ponzl. Nicht mehr.
Nini sieht plötzlich aus wie ein Mensch. Wie jemand, der eben Nini heißen kann, und Laura guckt und guckt und denkt, daß sie für Nini auch eine schöne Geschichte erfinden muß, eine richtig gute schöne Geschichte.
Vielleicht die, wie die Mutter sich immer noch ein Kind gewünscht hat, so ein gutes, liebes Kind wie Laura, und dann hat sie eben Herrn Ponzl getroffen und mit ihm geredet und geredet oder so ähnlich, oder folgende Geschichte, wie die Mutter mal dachte, ach, wenn meine Laura erst groß ist und erwachsen, ach, wie schnell geht das, und lieber wären mir zwei Lauras oder drei. Jedenfalls so eine ähnliche Geschichte könnte es geben.
Laura setzt sich auf den Fußboden, und sie zieht Nini mit sich. Nini krümelt mit dem Kuchenstückchen ordentlich vor sich hin und bohrt dann mit dem Finger die Krümel platt und fest auf den Boden.
Na ja, denkt Laura, vielleicht ist sie doch nicht wie Chrissy, nicht ganz. Aber jedenfalls sind wir zwei auf der Welt. Nini und ich.
Nini hat mit der Krümelei aufgehört und meint wohl, daß das wieder ein Spiel ist, das Auf-dem-Fußboden-Sitzen, so ein Kribbel-Krabbel-Kitzel-Spiel.
Sie krabbelt also gleich auf Laura herum und kitzelt sie, und Laura kitzelt Nini zurück.

Nini lacht. Ganz schrecklich muß sie lachen, und die Spucke läuft ihr aus dem Mund und tropft auf Lauras Kinn.
Laura muß auch lachen und wischt die Spucke weg. Aber Nini hat noch nicht genug vom Spiel. Sie küßt Laura, verteilt ihre nassen Küßchen auf Lauras Gesicht.
»Hilfe«, brüllt Laura und muß doch lachen. »Hilfe. Nein, keine Küßchen. Bitte nicht. Keine Küßchen. Ich bin doch nicht verliebt in dich.«
»Ich aber in dich«, sagt Nini und hört mit dem Spiel noch lange nicht auf.

Inhalt

O diese verdammt große Stadt *5*
Laura findet Herrn Ponzl widerlich *11*
Eine ganz einfache Geschichte *15*
Der Tag hat vierundzwanzig Stunden *18*
Einen ins Bett schicken hat nichts mit Liebe zu tun *20*
Das fünfte Fünftel ist das Schlimmste auf der Welt *23*
Boing *27*
Jemanden wie Herrn Ponzl kann man nicht liebhaben *30*
Es gibt gute Träume mit Füchsen und schlechte Träume mit Füchsen *33*
Ein großes Problem erledigt sich von selbst *37*
Der Kopf so voll und so leer *39*
Verpankelt ist verpankelt *44*
Dreieinhalb Stunden sind eine Menge mehr als nichts *50*
Sollen wir sie Nini nennen? *53*
Eigentlich hätte sie auch Johnny heißen können *56*
Gerstenkörner sind empfindliche Wesen *59*
Und wenn sie dich foltern und vierteilen *63*
Du kannst blöd sein, wo du willst, aber nicht im Kopf *66*
Spinat ist besonders gut wiederzuerkennen *71*
Da wären Sie aber ganz schön dumm, Mutter *74*
Keine Cola mehr *80*
Was hat Baby nur? *84*
Ach du liebes Dingsbumschen *88*
Guten Morgen. Bist du oben angekommen? *91*
Ohne alles geht nicht *95*
Vor, zurück, zur Seite, ran *97*
Ponzl guckt schon wieder *100*
Schade, daß man Ponzl nicht so einfach aus dem Fenster werfen kann *104*
Nur ein Weilchen, mein Schätzchen *106*

Ponzl wird nie berühmt und schön und reich *109*
Wo ist Ponzl? *113*
Und Liebe hat was mit Seele zu tun *117*
Ein Strickschlauch ist ein gestrickter Schlauch *122*
Der wilde Wassermann *127*
Eines Tages kommt der Zirkus in die Stadt *130*
Von erwachsenen Erwachsenen *135*
Trampolinspringer sind auch nicht das Wahre *140*
Eine Geschichte, die einfach verlorengeht *145*
So was wie ein Abschied *152*
Und wir sind auch sehr dankbar *156*
Das blaue Männchen *160*
Ein Spiel, das noch lange nicht aufhört *165*

Bücher von Dagmar Chidolue

Mach auf, es hat geklingelt
Roman für Kinder. Mit Bildern von Peter Knorr
180 Seiten, Pappband (80181) *ab 10*
Dies ist die Geschichte von Katzen, Mäusen und der schrecklichen Povi-Bande. Und von Isabel, der schönsten und besten Mutter der Welt. Und vor allem von Otscho Povi, der nichts lieber sein möchte als Mitglied der Povi-Bande.

So ist das nämlich mit Vicky
Mit Bildern von Rotraut Susanne Berner
192 Seiten, Pappband (80157) *ab 9*
Was Vicky ihrer Freundin Nele erzählt, ist meistens ziemlich aufregend und immer außergewöhnlich. Die Sache mit den schwarzen Männern zum Beispiel oder die mit den Haifischen. Außerdem spricht Vicky alle Sprachen der Welt, sogar Karamäisch. Ein lustiges und freches Buch, von Rotraut Susanne Berner köstlich illustriert.

Lieber, lieber Toni
Erzählung. Mit Bildern von Edith Lang
92 Seiten, Pappband (80125) *ab 10*
Etta ist elf, als ihre Familie in das Neubaugebiet zieht. Und Toni wohnt jetzt unter ihnen. Als Etta ihn kennenlernte, da war so etwas auf den ersten Blick...

Lady Punk
Roman. 176 Seiten, Broschur (80658) *ab 14*
Terry ist fünfzehn und sieht aus wie siebzehndreiviertel. Sie ist ein Biest und ganz schön verrückt, crazy. Lady Punk. Terry hat alles, was man sich wünschen kann, und davon hat sie genug. In diesem Sommer will Terry wissen, was es mit der Liebe auf sich hat. Aber keiner versteht sie.
Deutscher Jugendliteraturpreis

Fieber oder Der Abschied der Gabriele Kupinski
Roman. 168 Seiten, Broschur (80620) *ab 14*
Gabriele will weg aus der Kleinstadt. Ihr Abschied wird zu einer großen Anstrengung, aber es ist der Anfang zu einem neuen Leben.
Hans-im-Glück-Preis

Beltz & Gelberg
Beltz Verlag, Postfach 1120, 6940 Weinheim